鎳克爾男孩

The Nickel Boys

致理查·納許（Richard Nash）

目次

序章 006

第一部

第一章 014
第二章 023
第三章 036

第二部

第四章 056
第五章 069
第六章 084
第七章 089
第八章 107
第九章 125
第十章 148

第三部

第十一章 170
第十二章 182
第十三章 200
第十四章 214
第十五章 235
第十六章 243

尾聲 258
致謝詞 270

序章

即便男孩們死了，也是種麻煩。

鎳克爾校園的北校區有一片祕密墓地，位於舊穀倉和學校垃圾場之間一畝野草錯落的荒地上。當年學校經營乳業，向在地民眾販售牛奶時——佛羅里達州為減輕納稅人撫養這些男孩的負擔而推行的政策之一——這塊地曾作為牧場使用。如今辦公園區的開發商計劃將這塊地打造成美食廣場，設置四個水景設施，以及活動專用的混凝土舞台。對正在等待環境勘察報告的房地產公司來說，發現屍體是一件燒錢的麻煩事；對剛剛才結束一宗虐待案件的州檢察官而言亦是如此。現在他們必須開啟新一輪調查，確認死者身分和死亡方式，至於這個該死的地方什麼時候才能被剷平、清除乾淨，最後從歷史上徹底抹去，目前無從知曉，雖然大家都認為早該這麼做了。

所有男孩都知道這個腐臭的地方。在第一位男孩被塞進馬鈴薯袋，接著被扔到這裡的數十年後，一名南佛羅里達大學（University of South Florida）的學生才將此事公諸於世。當人們問起她是如何發現這片墓地，喬蒂（Jody）說：「這裡的土壤看起來怪怪的。」不僅地層下陷，而且雜草叢生。幾個月以來，喬蒂和大學裡其他幾位考古學系的學生一直在挖掘這所學校的官方墓地。妥善安置這些遺體前，州政府不得處置這塊土地，再者考古學系學生也需要田野實習的學分。他們先用木樁和鐵絲將挖掘區域分割成網狀方格，再用手鏟和重型設備進行挖掘。過篩土壤後，骨頭、皮帶扣環和汽水瓶散落在他們的托盤上，看得教人茫然不解。

鎳克爾男孩（The Nickel Boys）將學校的官方墓地稱作「布特山」（Boot Hill）[01]，這是他們從週六下午場電影裡學到的詞，那時還沒有被送進學校，尚能保有這類消遣。好幾個世代之後，南佛羅里達大學的學生沿用這個名字，即使他們從未看過西部片。布特山在北校區的大斜坡上，標示墳墓的 X 形白色水泥，在陽光明媚的午後格外顯眼。三分之二的十字架上刻有名字，其餘一片空白。確認身分並不容易，但是年輕考古學家間的同儕競爭，卻為調查持續帶來進展。儘管學校的檔案有所

01 又譯作「靴山」，美國西部許多墓地常見的名字，起源於十九世紀至二十世紀初死於槍戰的槍手們（也就是那些「穿著靴子死去」的人）的墓地。

缺漏又雜亂無章，但還是將範圍縮小到一九五四年，一個叫做威利（WILLIE）的人身上。燒焦的遺骸是一九二一年宿舍火災的受難者。藉由將死者的ＤＮＡ與其仍在世的家庭成員進行匹配——僅限於大學生們能夠追蹤到的那些親屬——死者與生者的世界，那個就算沒有他們依舊運轉的世界，再度有了連結。四十三具屍體中，還有七具屍體的身分尚未查明。

學生們將那些白色水泥十字架堆放在發掘現場旁邊。某天早上，當他們回來工作時，卻發現有人把它們全摔得粉碎。

布特山一個接一個釋放了這群男孩。當喬蒂用水管沖洗從某條壕溝中找到的物件時，興奮地發現了第一塊遺骸。卡邁恩（Carmine）教授告訴她，那塊細長的骨頭很可能是浣熊或是其他小動物的。然而，祕密墓地帶來了轉機。喬蒂是在尋找手機訊號時，發現那片墓地。基於布特山上的種種異狀——那些斷裂、凹陷的顱骨，以及布滿彈孔的胸廓——教授佐證了她的預感。如果連官方墓地的遺骸都顯得可疑，那麼被埋在那片無名墳場的遺體究竟遭遇了什麼？兩天後，在尋屍犬和成像雷達的協助下，確認了情況。沒有白色的十字架，也沒有姓名，只有等著被人發現的屍骨。

「他們居然稱這裡是學校。」卡邁恩教授說。在一畝地、一片塵土中，可以埋藏的東西太多。

其中一位男孩或他們的某個親戚，把這事件透露給了媒體。經過一連串採訪，學生們和男孩們建立起羈絆。那些男孩讓他們想起了家中脾氣火爆的叔叔、伯伯，和從前老家附近那些尖酸刻薄的鄰居，熟稔起來，態度可能稍變溫和，但那種剛烈性情始終頑固。考古學系學生把第二片墓地的消息告訴男孩們，和那些被挖出遺體的親屬，隨後，塔拉赫西（Tallahassee）當地的電視台派了一名記者來到現場。以前有很多男孩說過祕密墓地的事，但一如鎳克爾的情況，除非其他人提起，否則不會有人相信他們。

經過全國性報紙針對這起事件所做的報導，人們才第一次對這所矯正學校有了真正的瞭解。鎳克爾學院已在三年前正式關閉，校園內充斥野蠻景象和典型青少年肆意破壞的痕跡。就連最歡樂的場所——食堂和足球場——都顯得陰森恐怖，完全不需要攝影技術的渲染。每顆鏡頭都教人心神不寧，陰影在角落裡滋長、顫動，每塊汙漬或印記看上去都像是乾掉的血跡。彷彿攝影機捕捉到的每幀畫面都暴露出此處黑暗的本質，你眼前的鎳克爾逐漸模糊，原本看不見的鎳克爾卻慢慢清晰。

要是連看似無害的地方都發生了這種事，那你覺得那些幽暗陰沉的鬼地方會是如何呢？

鎳克爾男孩比十分錢舞女[02]還便宜，而且絕對物超所值，他們以前總是這麼說。這幾年，待過這所學校的幾位學生組織了互助會，他們透過網路取得聯繫，相約在餐館和麥當勞重聚。經過一小時車程，大夥來到某位成員的家中，圍坐他家廚房的餐桌前。他們共同在腦中進行考古，深挖數十年前的時光遺跡，修復過往日子的殘片與文物，將之重新展現在眾人眼前。每個人都有屬於他自己的那部分。他總說：我晚點會來看你。那條通往校舍地下室搖搖欲墜的樓梯。血在我網球鞋裡的腳趾間擠壓得噗哧作響。將這些碎片重新拼接起來，便能證實彼此曾經共同經歷過的那段黑暗歲月：如果這對你而言是真的，那麼對另一個人亦是如此，從此你便不再孤獨。

來自奧馬哈（Omaha）的大個子約翰・哈爾迪（John Hardy），是退休的地毯銷售員。他為鎳克爾男孩們經營了一個專門公告最新消息的網站，好讓其他人能夠隨時掌握新一輪調查的請願進度，以及州政府發布致歉聲明的進展。一個閃爍的計數工具

02二十世紀初期在美國曾盛行過一種「計程車舞女／舞者」（Taxi Dancer）的文化，即付費的陪跳舞伴，一般為女性。男性會在「計程車舞廳」（Taxi-Dance Hall，即提供計程車舞女的舞廳）門口花十美分購買舞票，隨後進入舞廳憑票租借舞伴，並以一首歌的時間為限。由於一張舞票的票價通常是十分美金，因此計程車舞女也被稱作「十分錢舞女」（Dime-A-Dance Girl）；或是鑒於計程車舞女會和舞廳平分每張票的票價作為收入（即各得五分美金），因此也被稱為「五分錢舞女」（Nickel Hopper）。

記錄著為籌建紀念碑而募得的款項。只要把你在鎳克爾學院的故事用郵件寄給大個子約翰，他就會連同你的照片一起刊登在網站上。把貼文連結發給家人也是一種陳述方式——就是這裡造成了現在的我。這是一份解釋，也是一句道歉。

這個一年一度的聚會，如今已邁入第五年，雖然詭異，卻又有其必要性。男孩們現在都是老年人了，有了妻子或前妻，聯繫或斷了聯繫的孩子，還有不時被帶來拜訪他卻始終戒備，或者根本不被允許見面的孫子。離開鎳克爾之後，他們好不容易找到活下去的方式，有些人卻始終無法融入普通人的生活。你看不見這群沒跟上自我戒菸風潮的最後吸菸者，像瀕臨於消失的邊緣。他們要不死在牢裡，不然就是慢慢腐壞在他們的週租套房內，或是喝下松節油後凍死於森林中。大夥在艾莉諾花園旅館（Eleanor Garden Inn）的會議室碰面，踏上往鎳克爾的莊嚴旅程前，先聚在一起敘敘舊。有幾年你覺得自己夠堅強，可以沿著那條水泥走道，通往充斥著可怕回憶的那個地方；但有年你又不這麼覺得。要避開還是直面那棟建築，完全取決於你當天早上的狀態。每次聚會結束，大個子約翰都會在網站上寫一篇紀錄，供未能到場的成員參考。

有個叫埃爾伍德·柯蒂斯（Elwood Curtis）的鎳克爾男孩，現居住在紐約。他時不時會在網路上搜尋這所矯正學校相關資訊，看看事情有沒有進展，但礙於各種原因，他從未參加聚會，也沒有在名單填上自己的名字。這樣做到底有何意義？大家都是成年人了。怎麼，難不成還要大家哭成一團，互相遞交面紙嗎？曾經有位成員寫過一篇貼文，講述他在某天晚上把車停在斯賓瑟家附近，盯著窗戶看了好幾個小時，注視著裡面的人影，直到他說服自己打消復仇的念頭。他原本還自製了一條皮帶，打算用在主任的身上。埃爾伍德不明白，既然都做到這個地步了，為什麼不實行到底。

當人們發現那片祕密墓地時，他知道自己必須回去一趟。電視台記者身後的那叢雪松，讓他想起了皮膚的灼燒感，和飛蠅鉤發出的刺耳聲響。那一切從未真正遠去，永遠都不會。

PART ONE

第一部

第一章

一九六二年的耶誕節埃爾伍德收到了他這輩子最棒的禮物，雖然這份禮物帶給他的觀念最終會毀了他。《馬丁．路德．金恩在錫安山》（*Martin Luther King at Zion Hill*）是他唯一擁有的專輯，而且從沒離開過唱盤。他的外婆哈麗雅特（Harriet）倒是收藏了幾張福音唱片，不過只有當世界又找到新的殘忍手段來修理她時，她才會放來聽。埃爾伍德被禁止聽摩城唱片（Motown Record）[01]旗下的樂團或是類似的歌曲，因為它們是靡靡之音。他那一年收到的其他禮物都是衣物——一件紅色的毛衣和幾雙襪子——後來都被他穿破了，但是沒有任何東西能比唱片更經久耐用。唱片長年累積的每道刮痕與炒豆聲都是他啟蒙的標記，記錄著每一次他從那位牧師話語中所獲得的

01 非裔美籍的貝瑞・高迪（Berry Gordy）於一九六〇年代成立的一家獨立音樂廠牌，出品的許多歌曲都成為當時民權運動的主題曲。

全新領悟。那是真理的劈啪聲。

他們沒有電視機，但是金恩博士的演講就是一部詳盡的編年史——含括了黑人過去的所有經歷，以及未來的一切可能——使得唱片幾乎能與電視媲美，或甚至更好、更宏偉，就像戴維斯汽車餐廳（Davis Drive-In）裡高掛的螢幕一樣——他以前去過兩次。埃爾伍德彷彿目睹了一切：被白人罪惡奴隸制度所迫害的非洲人、慘遭種族隔離政策羞辱和欺壓的黑人，以及所有禁止進入的場所，都將在未來的某一天，向他的種族敞開大門的那幅美好圖景。

演說錄製於全國各地，有的在底特律，有的在夏洛特，還有的在蒙哥馬利，它們將埃爾伍德和全國各地的民權鬥爭聯繫在一起。有一場演說甚至讓他覺得自己是金恩的家人。每個孩子都聽過「歡樂城」（Fun Town），要嘛去過，不然就是羨慕其他去過的孩子。在唱片 A 面第三場演說中，金恩博士提到自己的女兒有多想去這座位於亞特蘭大市斯圖爾德大道（Stewart Avenue）的遊樂園。每當優蘭達（Yolanda）看見高速公路上那塊巨大招牌或電視廣告時，她都會央求父母帶她去。金恩博士不得不用低沉而哀痛的聲音告訴她，種族隔離制度將有色人種的男孩和女孩隔絕在圍欄的另一邊。他解釋說，有些白人——雖然不是全部，但也有足夠多的白人——抱持著這種錯誤思維，使得這項制度得以實行且名正言順。他勸誡女兒要抵禦仇恨與憤懣的誘惑，並向她保證：「雖然妳不能去歡樂城，但我希望妳明白，妳不比任何一個能去歡樂城的孩子差。」

埃爾伍德就是這樣——他不比其他孩子差。他住在亞特蘭大以南兩百三十哩的塔拉赫西。有時他去喬治亞州拜訪親戚的時候，他會看見歡樂城的廣告：驚險刺激的遊樂設施伴隨著歡快音樂，興高采烈的白人小孩排成一列，等著玩「野鼠飛車」和「迪克的迷你高爾夫」，或者坐在「原子火箭」裡繫好安全帶，準備來一趟月球之旅。廣告上說，凡是出示一張優異的成績單就能免費入園，只要你的老師蓋上紅印章即可。埃爾伍德在學校一直拿全A，他把那疊證據全都留存下來，等著歡樂城向所有孩子開放的那一天，就像金恩博士承諾過的那樣。「到時候，我有一整個月可以天天免費入場，根本輕而易舉。」他躺在前廳地毯上，一邊用拇指描畫一塊破舊補丁，一邊這樣告訴外婆。

這塊地毯是他的外婆哈麗雅特在里奇蒙飯店（Richmond Hotel）上回整修時，從飯店後頭巷子撿回來的。她房裡的書桌、埃爾伍德床邊的小桌子，還有三盞燈都是里奇蒙飯店丟棄的東西。哈麗雅特十四歲起就在那家飯店工作，當時她跟著母親一起當清潔人員。埃爾伍德一上高中，飯店經理帕克（Parker）先生就明確表示，像他這樣聰明伶俐的孩子，只要他願意，他隨時可以雇他當行李員。後來得知男孩開始在馬可尼菸草與雪茄店（Marconi's Tobacco & Cigars）工作時，這位白人經理大失所望。帕克先生對他們家一直很好，就算在因為埃爾伍德母親有偷竊行為不得不解雇她之後，他依然如此。

埃爾伍德喜歡里奇蒙飯店，喜歡帕克先生，但以家族第四代的身分進入飯店工作，不知怎麼讓他有種難以言喻的勉強。這種心情甚至早於百科全書事件發生之前。還小的時候，放學後他總是會坐在飯店廚房裡的木箱上看漫畫和《哈爾迪男孩》（*The Hardy Boys*），他的外婆則在樓上整理和清掃房間。在他的父母遠走高飛之後，比起放他獨自在家，她更希望把九歲大的孫子帶在身邊。看到埃爾伍德和廚房裡的男人們待在一起，她覺得那些午後時光也是一種特別教育，和男人們多相處對他有好處。廚師和服務生把男孩當成吉祥物，和他玩捉迷藏，從各種主題把他們舊時代的智慧傳授給他：白人的做事方式、如何對待愛玩的的女人、在家中藏私房錢的策略。大多數時候埃爾伍德都聽不懂大人說的內容，但依然先使勁點點頭，再繼續讀他的冒險故事。

過了高峰時段，埃爾伍德有時會向洗碗工發起擦盤子挑戰，出於善意，他們都會假裝自己被他高超的技術所擊敗。他們喜歡看見他獲勝時的笑容和異常開心的模樣。後來，飯店人事發生極大變動。市中心新開幕的飯店來挖角，廚師們來來去去，當飯店修好淹水造成的損壞、重新開張時，有幾名服務生卻再也沒有回來。經過這次人事變動，埃爾伍德的比賽也從溫馨的新奇遊戲變成惡意欺詐；新的那批洗碗工私下聽說有個清潔女工的孫子會幫你做事，只要你告訴他這是一場遊戲，但小心不要露餡。這個一本正經的男孩究竟是誰？所有人拚老命工作時，只有他到處徘徊，帕克先生會輕拍他的腦袋，彷彿是隻該死的小狗，他卻埋頭讀漫畫，一點煩惱也沒有的樣子。廚房裡新來的員工有不一樣的東西要教教這個年輕人，他們從這個世界上學到的東西。埃爾伍德始終沒有發現比賽的前提已經改變了。每當他發起挑戰，廚房裡所有人都在努力憋笑。

埃爾伍德十二歲那年，飯店裡出現一套百科全書。有個雜工將一疊盒子拖進廚房，把大夥召集起來。埃爾伍德擠進人群一看——是旅行推銷員留在樓上房間的一套百科全書。據說有錢的白人會在房間裡遺留貴重物品，但是這樣的戰利品很少會落到他們手中。廚師巴奈（Barney）打開了最上面的盒子，拿出一本皮革裝幀的《費雪爾通用百科全書》（*Fisher's Universal Encyclo pedia*）Aa-Bb 卷。他把書遞給埃爾伍德，埃爾伍德驚訝於書的重量，簡直就是一塊有紅色頁邊的磚頭。男孩翻閱著百科全書，瞇起眼睛看書裡的迷你小字——愛琴海、阿基米德、阿爾戈英雄——腦中浮現出自己坐在前廳的沙發上，抄寫自己喜愛單字的景象。那些單字要不在書頁上看著很有意思，不然就是在他的想像中發音很有趣。

服務生科里（Cory）決定把他發現的戰利品送給其他想要的人——他不識字，而且近期也沒有學習閱讀的打算。埃爾伍德立刻表達他的意願。考慮到廚房目前的情況，實在很難想像還會有其他人想要這套百科全書。然而，新來的洗碗工皮特（Pete），卻提出要和他競爭這套書。

皮特是個笨手笨腳的德州人，兩個月前才開始在這裡工作。他起初是被雇來收桌子的，經過幾次事故之後，他們把他調到了廚房。他工作老是回頭張望，像是擔心有人監視他，也不怎麼說話，儘管他沙啞的笑聲讓廚房其他人故意開始對著他講笑話。皮特在褲子上擦了擦手，說道：「如果你願意的話，我們在晚餐前還有一些時間。」

廚房的員工們準備了一場盛大的比賽，那是迄今為止規模最大的一次。他們拿出了一隻秒錶，並把它交給萊恩（Len），這名頭髮花白的服務生在飯店裡已有二十年以上的年資。他總是將那身黑色制服打理得一絲不苟，並主張自己是餐廳裡穿著最得體的人，令白人顧客自愧不如。鑒於他對細節的注重，他肯定會是一位稱職的裁判。在埃爾伍德和皮特的監視下，盤子經過了充分的浸泡，隨後堆成各有五十個盤子的兩疊。作為這場決鬥助手的兩名雜工，隨時準備好在兩位選手需要時遞上乾抹布。有個守門人站在廚房門口把風，以防萬一經理碰巧經過。

雖然埃爾伍德不是那種會虛張聲勢的孩子，但這四年間他從未輸掉任何擦盤子比賽，臉上自然洋溢自信神采。皮特則是一副神情專注的樣子。埃爾伍德根本不把這個德州人放在眼裡，畢竟以前就打敗過他了。總體而言，皮特還算是個輸得起的人。

萊恩從十開始倒數，比賽開始了。埃爾伍德依然選擇用他多年來不斷精進的方式，動作輕巧又精準規律。他從來沒有因為手滑而弄掉過一個溼盤子，或是放到流理台時，因為動作太快而磕破盤子。伴隨廚房裡大夥的加油聲，皮特擦乾的盤子越疊越高，埃爾伍德頓時倍感壓力。德州人展現出前所未有的潛力，目前略勝一籌，看得觀眾們連連發出驚嘆。埃爾伍德只得趕緊加快速度，追趕著百科全書擺在他家客廳裡的畫面。

「停！」萊恩說。

埃爾伍德以一個盤子的差距險勝。大夥歡呼、大笑、彼此交換眼神，這些眼神的含義埃爾伍德後來才明白。

其中叫哈羅德（Harold）的服務生，用力往埃爾伍德背後拍了一下。「你簡直就是為了洗盤子而生的嘛，機靈鬼。」廚房裡所有人都笑了。

埃爾伍德將百科全書的 Aa-Bb 卷放回盒子裡。那是一個高級的獎品。

「你應得的。」皮特說，「希望你好好利用它們。」

埃爾伍德請客房經理告訴他外婆他先回家了。他等不及想瞧瞧，她看見那套精美高雅的百科全書擺在書架上時的表情。他拱著背，將那些盒子拖到田納西街（Tennessee Street）上的公車站牌。若從對街看過來，簡直就像親眼目睹了諾曼·洛克威爾（Norman Rockwell）[02] 畫作中的場景——一個認真嚴肅的年輕男孩正在搬運裝載了世界知識的貨物，不過前提是埃爾伍德得是白皮膚。

回到家後，他把《哈爾迪男孩》和《湯姆·斯威夫特》（*Tom Swift*）的系列叢書從客廳的綠色書架上撤下來，接著打開盒子。他在看到 Ga 卷的時候停下手，內心不禁對費雪爾公司那群聰明人會如何解釋「銀河系」感到好奇。然而，書卻是空白的——整本書都是。除了他在廚房看到的第一卷之外，第一個盒子裡的其他書都是空

02 美國二十世紀初期的重要插畫家。

白的。他打開另外兩個盒子一看，臉頰開始漸漸發燙。全部的書都是一片空白。

當他的外婆回家後，她搖搖頭，告訴他這些書也許是瑕疵品，或是推銷員用來展示給顧客的樣品，讓他們知道屆時收到一整套書在家裡看起來會是什麼樣子。那天晚上，他的思緒像是某種奇妙的裝置，滴滴答答響個不停。他這才想通，無論是那名雜工，還是廚房裡的其他人，大家都知道書裡是空白的。他們故意演了一場戲。

最終他還是把百科全書留在書架上，因為看上去很氣派，雖然溼氣讓書封有點剝落——書封的皮革也是假的。

隔天下午是他最後一次出現在廚房裡。大家都太過關注他臉上的表情。科里試探地問他：「你還喜歡那些書嗎？」等待他的反應。皮特則站在水槽邊微笑，那道笑容就像用刀子往下巴砍了一刀。他們全都知情。他的外婆認為他夠大了，便同意他一個人待在家。整個高中三年，他總反反覆覆思索那些洗碗工是不是一直故意放水。他曾經對自己的能力感到無比自豪，結果到頭來才發現只是自己太過愚蠢和單純。這個問題，他始終沒有得出結論，直到他被送去鎳克爾，才讓他終於看清比賽的真相。

第二章

告別廚房，意味著告別那個他獨自玩的祕密遊戲：每當廚房的門打開，他就會在心中暗自打賭外面有沒有黑人顧客。根據《布朗訴托彼卡教育局案》（*Brown v. Board of Education*），學校必須廢止一切種族隔離的教育措施——那一道道隱形的高牆終將倒下，只是時間早晚的問題。廣播電台宣布最高法院判決定讞的那天晚上，他的外婆像是大腿被熱湯燙到了一樣高聲驚叫。但隨即便恢復了鎮定，將裙子拉整齊。「吉姆·克勞（Jim Crow）01 絕不會就這樣悄悄離去。」她說：「那個邪惡的傢伙。」

法院作出裁決的隔天早晨，太陽升起，一切並沒有什麼不同。埃爾伍德問外婆，黑人什麼時候才會開始住進里奇蒙飯店，外婆回答，告訴人們要去做正確的事是一回

01《吉姆·克勞法》（Jim Crow Laws）泛指一八七六年至一九六五年美國南部及邊境各州，針對有色人種所實施的種族隔離制度。此處埃爾伍德外婆說的「吉姆·克勞」意指「吉姆·克勞法」。

事，他們真正去做又是另外一回事。她列舉了他的某些行為當作論據，埃爾伍德點點頭：也許真是如此。不過，遲早有一天，一定會有一張棕色臉孔從敞開的門後出現——穿著講究來塔拉赫西談生意的商人，或是到城裡觀光的時髦女士——進來享用廚師們所準備、香氣撲鼻的佳餚。他深信不疑。從九歲他就開始玩這個遊戲，然而三年過去，餐廳裡他看見的有色人種，不是端著盤子和飲料，就是手拿拖把。直到在里奇蒙飯店的最後一個下午，他都沒有停止過這個遊戲。至於他在這個遊戲裡的對手，是自身的愚蠢，還是世界的冥頑不化，那就無從得知了。

並非只有帕克先生察覺埃爾伍德具有成為優秀員工的潛質。白人總會向埃爾伍德提出工作邀約，他們看出他的勤勉天性與穩重性情，或者至少看出舉手投足他和其他同齡黑人男孩的不同，並視為工作勤勞的象徵。馬科姆街（Macomb Street）的菸草店老闆馬可尼先生，在埃爾伍德還是個嬰兒就注意到他了，那時他坐在鏽跡斑斑、咿呀作響的嬰兒車裡尖聲哭鬧。埃爾伍德的母親是個纖瘦的女人，有著烏黑而疲憊的雙眼，她從不安撫她的孩子，抱著一大堆買來的電影雜誌消失街頭，而埃爾伍德則跟在她身後一路哭嚎。

馬可尼先生總是盡可能避免離開櫃台。他的身材矮胖，體質容易出汗，頭髮梳低成復古油頭，臉上還留著一撇稀疏黑鬍，但是每到傍晚就難免顯得蓬亂。店門口瀰漫著他的髮油氣味，炎熱午後，他身後總留下一陣芳香。馬可尼先生坐在椅子上，望著埃爾伍德一天天長大，慢慢走出自己的路，與街區裡那些在過道嬉笑打鬧、自以為趁著馬可尼先生不注意，偷偷把紅辣牌肉桂糖（Red Hots）塞進工裝褲的男孩漸行漸遠。其實，這些事情馬可尼先生都看得一清二楚，只是他什麼也沒說。

埃爾伍德是他在弗倫奇敦（Frenchtown）的第二代顧客。一九四二年軍事基地建成幾個月後，馬可尼先生便開了這家店。黑人士兵會搭公車從戈登．約翰斯頓營地（Camp Gordon Johnston）或戴爾．梅布里空軍基地（Dale Mabry Army Air Field）過來，待在弗倫奇敦痛快玩樂整個週末，再垂頭喪氣回去接受軍事訓練。他親戚在市中心開了店生意興隆，但是深諳種族隔離經濟學的白人才算懂怎麼發大財。馬可尼菸草店位於藍鈴飯店（Bluebell Hotel）附近，街角是頂級酒吧（The Tip Top Bar）和瑪麗貝兒撞球房（Marybelle's Pool Hall），他在店裡販售各式各樣的菸草，和鐵盒裝的羅密歐牌保險套，穩妥地做著生意。

戰爭一結束，他就把雪茄撤到店鋪後面，牆重新粉刷成白色，添購雜誌架、價格便宜的糖果，以及飲料櫃，讓店鋪聲譽改善不少。還雇了個幫手——其實他不需要員工，但是他的妻子喜歡跟別人誇說他有個員工，他想大概會讓社會地位較高的黑人顧客更願意光顧。

埃爾伍德十三歲那年，菸草店的資深店員文森（Vincent）決定參軍。文森雖稱不上是最認真工作的員工，可是他手腳俐落、衣著整潔，是馬可尼先生最注重的兩項特質，即便他本人並不具備。文森上班最後一天，埃爾伍德站在漫畫架前打發時間，就像大多數的下午。他有個奇怪的癖好，會在購買前先將漫畫從頭到尾讀過一遍，再買下他碰過的每一本漫畫。馬可尼先生曾問過他，既然無論好壞都會買，那他為什麼還要先讀過？埃爾伍德回答：「只是確認一下。」店長問他想不想要工作，埃爾伍德闔上手裡的《神祕之旅》（*Journey into Mystery*）[02]，說他得去問問外婆。

哈麗雅特有一長串的規矩，規定了可做與不可做的事，有時候埃爾伍德只有犯過了錯才知道不行。他一直等到用完晚餐，等到他們吃完炸鯰魚和酸溜溜的綠葉菜，外婆起身整理桌子時才開口。這一次，她直截了當表明意見，儘管她的叔叔亞伯（Abe）會抽雪茄，瞧瞧他最後落得什麼樣下場；儘管過去馬科姆街是個墮落敗壞的地方；儘管幾十年前她曾遇過一名態度很差的義大利店員，且至今依舊懷恨在心。「他們應該

02美國漫畫系列，最初為恐怖和奇幻漫畫選集，自一九五〇年代後期轉型為怪獸和科幻主題的漫畫。

沒有血緣關係。」她說：「就算有，也只是遠房親戚。」

她同意讓埃爾伍德在放學後和週末到店裡工作，並從每週的工資裡拿一半貼補家用，另一半則存起來作為他未來的大學學費。去年夏天，他隨口提了提上大學的事，絲毫沒有意識到自己說的話具有多麼重大的意義。《布朗訴托彼卡教育局案》的判決跌破眾人眼鏡，但是此刻在哈麗雅特家族中竟然有人渴望接受高等教育，確實是個奇蹟。面對這樣的想法，就算對這家菸草店有再多疑慮，都會煙消雲散。

埃爾伍德整理鐵架上的報紙和漫畫，替那些不怎麼受歡迎的糖果擦去灰塵，確保雪茄盒全按照馬可尼先生的理論陳列，他對於商品包裝和如何利用它來刺激「人類大腦的快樂中樞」有自己一套見解。埃爾伍德依然會在漫畫區晃悠，小心翼翼翻閱，彷彿處理炸藥，然而，新聞雜誌也對他產生了吸引力。他開始沉迷於內容豐富的《生活》（*Life*）[03]。白色卡車會在每週四送來一疊《生活》——埃爾伍德已經學會辨認它的剎車聲。只要一整理好要退貨的商品，並完成新品上架，他就會坐在折疊梯上，跟著雜誌裡最新的報導，前往美國那些他未曾知曉的角落。

03《生活》是一本自一八八三年起在紐約曼哈頓發行的老牌雜誌，並於一九三六年被《時代》（*Time*）雜誌收購，從娛樂週刊重新定位為新聞攝影紀實雜誌。

他瞭解到黑人在弗倫奇敦的抗爭故事，知道了這個社區的邊界，在那之外便是由白人法律接管一切。《生活》雜誌中的配圖文章將他帶到事件發生的前線，包括巴頓魯治（Baton Rouge）的公車抵制運動，以及格林斯伯勒（Greensboro）的靜坐現場。這些運動的發起人都是年紀只大他幾歲的年輕人，他們被鐵棍毆打，被消防水管噴射，被橫眉怒目的白人主婦吐口水，同時也被定格在相機裡崇高的抗爭畫面中。其中的微小細節實在令人驚詫：少年的領帶在混亂衝突中仍筆直得像個黑色箭頭，少女的完美髮型在她們方正的抗議標語牌前飛揚。縱使鮮血從他們的臉龐淌下，卻不知為何依舊氣宇軒昂。那群年輕的騎士正在與惡龍搏鬥。埃爾伍德肩膀窄小，像隻瘦皮猴，還要擔心自己眼鏡的安全。這副眼鏡很貴，好幾次他夢見眼鏡被警棍、撬胎棒或球棒打斷，可他還是想要加入他們。他別無選擇。

他在閒暇時翻閱雜誌。在馬可尼先生的店裡工作，讓埃爾伍德找到效仿的榜樣，也讓他跟那些迥然不同的弗倫奇敦男孩區隔開來。從很久以前開始，外婆就不准他和當地的孩子混在一起，在她看來，那群孩子不求進取，還四處闖禍。菸草店就像飯店的廚房，是一座安全的堡壘。哈麗雅特對他的管教甚嚴，眾所皆知，加上布雷瓦德街（Brevard Street）上的其他家長都將埃爾伍德視為典範，進一步利於埃爾伍德與其他孩子保持距離。從前跟他一起玩「牛仔與印第安人」的男孩們，有時會在街上追著他跑，或是朝他丟石頭，之所以這麼做，與其說是惡作劇，不如說他們是為了洩憤。

和他住同社區的居民，經常會光顧馬可尼的店鋪，讓他的生活和工作常常會有重疊。一天下午，隨著門口的鈴鐺響起，湯瑪士（Thomas）太太走進商店。

「妳好，湯瑪士太太。」埃爾伍德說：「那裡有幾瓶冰的橘子汽水。」

「你說的對，我想我確實需要，埃爾。」她說。湯瑪士太太對最新的流行時尚瞭若指掌，這天下午，她穿著自己親手縫製的黃色波點洋裝，那是她仿照奧黛麗．赫本（Audrey Hepburn）在某本雜誌上的造型自製而成。她很清楚，這個社區幾乎沒有其他女人能像她如此自信地穿著這件洋裝，當她站定，人們不免會懷疑她是在擺姿勢，等待閃光燈咔嚓咔嚓響起。

湯瑪士太太是伊芙琳．柯蒂斯（Evelyn Curtis）從小到大最好的朋友。埃爾伍德最初的記憶之一，就是在某個炎熱日子坐在媽媽的大腿上，看她們打牌。他扭動身子想看媽媽的牌，她叫他別搗蛋，外面太熱了。趁著她去洗手間，湯瑪士太太偷偷給他喝了幾口她的橘子汽水，可是他的橘色舌頭出賣了他們。伊芙琳半認真地訓斥他們，他們卻咯咯地笑起來。埃爾伍德一直將這段記憶珍藏在心底。

湯瑪士太太打開錢包，買了兩瓶汽水和這週的《捷特》（*Jet*）雜誌。「你在學校的功課還跟得上嗎？」

「跟得上，湯瑪士太太。」

「我不會讓孩子太過操勞的。」馬可尼先生說。

「嗯。」湯瑪士太太回答，語氣充滿懷疑。弗倫奇敦的女士們都還忘不了菸草店那段不光彩的過往，她們將這個義大利人視為造成眾多家庭不幸的幫凶。「你繼續做自己該做的事情就好，埃爾。」她接過找開的零錢，隨後埃爾伍德目送她離開。母親拋棄了他們；即便她忘了寫信給他，也可能會從某個地方寄明信片給她的朋友。也許有一天，湯瑪士太太會和他分享一些他母親的消息。

馬可尼先生有賣《捷特》，當然也有《烏木》（*Ebony*）雜誌[04]。埃爾伍德告訴他也要進《危機》（*The Crisis*）雜誌[05]、《芝加哥捍衛者報》（*The Chicago Defender*）[06]和其他的黑人報紙。他的外婆和她的朋友都有訂閱這些報刊，他覺得奇

04《捷特》與《烏木》是姊妹雜誌，專注於非裔美國人社區的新聞、文化、生活及娛樂，對於非裔美國人有著極其重大的意義。
05全國有色人種協進會（NAACP）的官方雜誌，首刊於一九一九年發行。
06芝加哥的非裔美國人報紙，於一九〇五年創立。

怪，這家店居然沒有賣。

「你說的對。」馬可尼先生說，他掐了掐嘴唇，「我們之前明明都有訂的，我不知道這是怎麼一回事。」

「那就好。」埃爾伍德說。

馬可尼先生已經很久沒有留意顧客的購物習慣了，埃爾伍德卻記得每位客人來店裡光顧的需求。雖然前一任店員文森偶爾會講個黃色笑話活絡店裡的氣氛，但並不代表他有多麼積極主動。反觀埃爾伍德做事卻非常用心，他會提醒馬可尼先生哪家菸草供應商上一次送貨有缺，還有哪個牌子的糖果不必再補貨。馬可尼先生不太擅長辨認當地黑人女士的長相——她們見到他都板著臉——在這方面埃爾伍德便是稱職的大使。每當男孩忘我地看著雜誌，他都會盯著他看，試圖搞清楚他究竟是個什麼樣的人。他的外婆性格堅毅，毋庸置疑。男孩頭腦機靈，勤奮努力，稱得上是為他的種族爭了光。可是在最簡單的事情上，埃爾伍德卻異常遲鈍。他不知道什麼時候應該讓步，讓事情就這麼過去，比方說他被人揍出黑眼圈那次。

孩子會偷糖果，這跟孩子是什麼膚色沒有關係。馬可尼先生本人在他那段不羈的年少歲月，也曾幹過各種各樣蠢事。你可能會在這裡或那裡損失一點錢，就算日常支出的一部分——孩子們今天偷了一塊糖，但他和朋友們會在店裡花個好幾年的錢。還要加上他們的父母。要是為了一點小事就把他們轟出去，等到風聲傳開——尤其這種沒有祕密可言的社區裡——他們的父母就會因為尷尬，再也不來光顧。放任孩子偷竊幾乎可以算是一種投資，馬可尼先生這樣想。

然而埃爾伍德在店裡工作的這段時間，卻漸漸產生不一樣的看法。到馬可尼工作以前，他的朋友總是對他們所犯下的糖果竊案沾沾自喜，一旦走到離商店夠遠的地方，就會咯咯地竊笑起來，囂張吹起火箭筒泡泡糖（Bazooka）的粉色泡泡。埃爾伍德從不參與，但對此也沒有什麼特別想法。當馬可尼先生雇用他，向他解說拖把放在哪裡、哪些日子會有大批進貨時，他也順道說明自己對於孩子們順手牽羊的想法。幾個月過去了，埃爾伍德不時看見糖果消失進男孩們的口袋裡，而這些男孩他都認識。要是他們正好對上眼，說不定還會朝埃爾伍德眨個眼。這一年來，埃爾伍德什麼都沒說。但是那天趁著馬可尼先生在櫃台後彎身，拉里（Larry）和威利（Willie）伸手抓起一把檸檬糖時，他終於忍不住了。

「放回去。」

男孩們僵在原地。拉里和威利從小就認識埃爾伍德，他們小時候還經常一起玩彈珠和鬼抓人，雖然後來因為拉里在大德街（Dade Street）空地上放了一把火，威利則被留級了兩次，從此哈麗雅特把他們自可接受的玩伴清單上剔除了。他們三家在弗倫奇敦有好幾代的交情。拉里的祖母和哈麗雅特都屬於同一個教會團體，威利的父親則是埃爾伍德父親帕西（Percy）的兒時玩伴。他們還一起坐船去當兵。如今威利的父親每天坐著輪椅，在門廊上抽菸打發時間，每當埃爾伍德從門前經過，他都會對他揮揮手。

「放回去。」埃爾伍德說。

馬可尼先生歪了歪腦袋——夠了。男孩們把糖果放回去，離開商店，內心怒火中燒。

他們知道埃爾伍德每日往返的路線。有時候，他騎單車回家，經過拉里的窗前時，拉里會揶揄他是個自命清高的偽君子。那天晚上，他們襲擊了他。當時天色轉暗，空氣混合木蘭花和炸豬肉的味道。他們把他和他的腳踏車一把推倒在那年冬天新鋪好的柏油路上。男孩們扯破他的毛衣，把他的眼鏡扔到地上。他們揍他的時候，拉里問埃爾伍德能不能有點常識；威利說他需要有人給他一點教訓，接著就動手了。埃爾伍德偶爾反擊，可是對方不痛不癢。他沒有哭。要是在社區裡看見孩子打架，他是會走上前去勸架的那種人。現在輪到他了。一位老先生從對街走過來阻止他們，然後問埃爾伍德要不要到他家清理一下或是喝杯水。埃爾伍德拒絕了。

腳踏車的鏈條斷了，他只好牽車走回家。哈麗雅特問他眼睛怎麼了，但沒有追問。他只是搖搖頭。隔天早上，他眼睛下面那塊鐵青的腫包變成一個血泡。

埃爾伍德不得不承認，拉里有一點說對了：有時候，他似乎就是這麼沒常識。他不知道該怎麼解釋，就連他自己也想不明白，直到《馬丁·路德·金恩在錫安山》給了他答案。**我們必須打從心底相信，我們是出類拔萃的，我們是舉足輕重的，我們是有價值的存在，每一天我們都必須帶著這種尊嚴感，帶著這種堅信自身價值的信念，走在人生的大道上。**這張唱片一遍又一遍地播放，就像論據一而再、再而三反覆肯定它無懈可擊的前提，金恩博士的話語迴蕩在那間獵槍小屋[07]的客廳裡。埃爾伍德遵循著這個信條——金恩博士賦予了它形式、言語和意義。有一些強大的力量想要壓制黑人，例如《吉姆·克勞法》；還有一些瑣碎的力量想要壓制你，例如你身邊的人。面對這些力量的時候，無論大小，你都必須抬頭挺胸，毋忘自己是誰。百科全書裡一片空白；有些人捉弄你，對你露出虛偽微笑；另一些人則踐踏你的自尊。你得記住自己

07狹長型住宅，美國南方常見的房型。

是誰。

這種尊嚴感。男人說這些話的方式，以及與之伴隨的劈啪聲，這一切都賦予了他一股不可剝奪的力量。即便在你回家的路上，有潛伏在暗巷的後果要承擔。他們揍了他一頓，扯破他的衣服，不明白為什麼他要護著一個白人。要怎麼解釋他們才能理解？他們對馬可尼先生的冒犯，就是對埃爾伍德本人的侮辱，無論他們偷的是一根棒棒糖，還是一本漫畫書。不是因為手足遭受攻擊如同自己遭受攻擊，像他們在教會裡說的那樣，而是對他而言，什麼都不做會有損他的自尊。就算馬可尼先生告訴過他自己不在乎，就算埃爾伍德之前對朋友的偷竊行為睜一隻眼閉一隻眼，都不重要。這件看似沒有道理的事，終究會找到它獨一無二的意義。

這就是埃爾伍德，他不比任何人差。在他被逮捕的那一天，就在警官出現之前，廣播正好播放歡樂城的廣告。他跟著哼。他記得優蘭達．金恩六歲的時候，她的父親告訴她關於遊樂園和將之隔絕在圍欄外的那條白人法律的真相。埃爾伍德六歲的時候，父母離開了他，他認為那是自己與她另一個相似之處，他也是在那個年紀看清這個世界。

第二章

開學第一天，林肯高中（Lincoln High School）的學生們收到對街白人高中送來新的一批二手課本。白人學生們在知道這些課本去向後，便為它們接下來的主人提了詞：**噎死你，黑鬼！你身上好臭。吃屎去吧！**九月正是學習塔拉赫西白人青少年最新流行侮辱性詞彙的時期，它就像服裝的下襬和髮型，每一年都在變化。把生物課本打開翻到消化系統那一頁，卻看見上面寫著「黑鬼去死」，當然會覺得備受羞辱。然而，隨著學年一天天過去，林肯高中的學生也不再去注意那些咒罵和無禮的含沙射影。如果每一次屈辱都教你跌入深淵，日子怎麼過下去？一個人必須學會集中精神。

希爾（Hill）先生在埃爾伍德升高三那年到這間高中任教。他向埃爾伍德和歷史課其他學生打過招呼，並在黑板上寫下名字。接著，希爾先生發下黑色麥克筆，告訴學生們第一件要做的事，就是把課本上的髒話全部塗掉。「每次看見那玩意兒，」他說：「我就有氣。你們都在努力接受教育，沒必要理會那群傻瓜說的話。」就像班上的其他學生，埃爾伍德起先愣了愣。彼此看看課本，看看老師。隨後才拿起麥克筆埋頭塗了起來。埃爾伍德頓時感到天旋地轉，心臟怦怦直跳：真是刺激。為什麼從來沒有人要他們這樣做呢？

「千萬別漏塗了。」希爾先生說：「你們都知道白人小孩很狡猾。」在學生們塗掉咒罵與羞辱文字時，他向他們介紹了自己。他不久前才從蒙哥馬利的師範大學畢業，剛剛搬來塔拉赫西。第一次造訪佛羅里達是在去年夏天，他以自由乘車運動者（Freedom Riders）[01]的身分，從華盛頓特區（Washington, D.C.）搭巴士到塔拉赫西。他參加了遊行活動，坐在禁止黑人使用的午餐櫃台等待服務。「在我等點的那杯咖啡時，」他說：「我寫完不少功課。」最後治安官以妨害治安罪將他扔進大牢。他平鋪直述地分享這些故事，彷彿他做的不過是世界上最自然的事。埃爾伍德思忖是否在《生活》或《芝加哥捍衛者報》上，看過他和那些偉大的運動領袖手挽著手，或是和背景裡那群無名英雄站在一起，昂首挺胸，趾高氣揚。

01 一九六一年開始，美國民權運動人士便會乘坐跨州巴士前往種族歧視現象較為嚴重的南部，以視察最高法院在一九六〇年取消大眾交通工具與休息站的種族隔離政策的落實情況。

希爾先生收集了各式各樣的蝴蝶領結：波點的、亮紅色的、香蕉黃的。他那張寬大、親切的臉龐，反而因為他右眼下方那道宛如月牙的疤痕，顯得更加和藹可親。那是一個白人用撬胎棒打他時留下的。「納許維爾（Nashville）。」某天下午，有人問起傷疤的來歷，他這樣答道，接著啃一口梨。雖然課綱聚焦在美國內戰之後的歷史，但希爾先生會把握每一次機會，引導他們回歸當下，將一百年前發生的事和他們現在的生活連結起來。課堂開始時他們會沿著一條路線出發，最終那條路總會帶著他們回到自家門口。

希爾先生察覺到了埃爾伍德對民權運動有著濃烈的興趣，在男孩每次插話時，向他露出五味雜陳的微笑。林肯高中的其他教師都對男孩評價甚高，並對他冷靜的性格尤為感激。那些曾在多年前教過他父母的老師們，都很難把他們聯想在一起——他或許繼承了他父親的姓氏，但他身上完全沒有帕西那種野性的魅力，也沒有伊芙琳令人不安的憂鬱氣質。當教室裡的學生們因午後的悶熱而昏昏欲睡時，埃爾伍德會在關鍵時刻向老師請教「阿基米德」或「阿姆斯特丹」的意思，從而解救老師，老師們都對他不勝感激。男孩手上有一冊能用的《費雪爾通用百科全書》就拿來用了，不然他能怎麼辦呢？聊勝於無罷了。他會跳著翻閱，把書翻爛，再三重溫最喜歡的部分，彷彿那是一本冒險故事。儘管作為故事書，百科全書的情節既不連貫也不完整，但它依然以自己獨特的方式讓他感到興奮。埃爾伍德在筆記本裡記滿了他喜歡的字詞、定義和詞源。事後想起來，他才發覺這種東蒐西羅的行為不免顯得有些可悲。

高一學年進入尾聲，在學校為一年一度的解放日戲劇表演物色新主角時，埃爾伍德自然成了他們相中的人選。他扮演湯瑪士・傑克森（Thomas Jackson）——向塔拉赫西奴隸們宣告自由已至的人——也為自己將來走上這條路做準備。埃爾伍德認真投入角色，就像對待他的每一項責任那樣一絲不苟。在戲裡，原為糖廠收割工的湯瑪士・傑克森，在戰爭爆發時逃離糖廠，加入聯邦軍，最後以政治家的身分回到家鄉。埃爾伍德每年都會為角色加入新的聲調和手勢，漸漸地，他憑藉自身的信念演活了角色，發表演說的時候也不再像先前那麼生硬。「我很高興能向各位親愛的先生女士們宣布，我們擺脫奴隸制枷鎖的時刻到了，我們能作為一名真正的美國人了——終於啊！」這齣戲的編劇是一位生物老師，她試圖將自己多年前的那趟百老匯之旅的神奇成果全部展現出來。

埃爾伍德演這個角色演了三年，但是每次演到高潮，也就是傑克森親吻他愛人的臉頰時，他還是一如既往地緊張。他們會結為連理，這也意味著他們會在新的塔拉赫西過上幸福美滿的生活。無論飾演瑪麗珍（Marie-Jean）的，是有著雀斑與甜美圓潤臉龐的安妮（Anne），還是齙牙蓋過下唇的碧翠絲（Beatrice），抑或是最後一年參與演出的葛蘿莉亞．泰勒（Gloria Taylor）——她比他高出一呎，害他必須踮著腳尖才能親到她——他的內心都會緊張到揪成一團，感到一陣眩暈。他在馬可尼菸草店裡閱讀報章雜誌的無數個小時，讓他多次演練過要如何正色直言地發表演說，卻沒有讓他準備好和林肯高中裡皮膚黝黑的美女們一起表演，不論是在台上還是台下。

他在雜誌上讀到那個令他神往的社會運動，曾一度遙不可及——如今卻悄悄在靠近。弗倫奇敦當地也有過抗議活動，但那時埃爾伍德的年紀還太小，沒辦法參與。當年佛羅里達農工大學（Florida A&M University）的兩位女學生發起抵制公車運動時，他不過才十歲。起初他的外婆不明白她們為什麼要把這些紛擾帶到他們的城市，但是幾天後，她就和其他人一樣拚車前往飯店。「雷昂郡（Leon County）的所有人都瘋了。」她說：「也包括我！」那年冬天，這座城市終於取消了關於搭乘公車的種族隔離政策，現在她上車時能看見黑皮膚的司機坐在方向盤後，而且她想坐哪裡就坐哪裡。

四年後，當學生們決定坐在沃爾沃斯超市（Woolworths）的午餐櫃台抗議時，埃爾伍德記得他外婆咯咯地笑著表示讚許。在他們被治安官逮捕入獄後，她甚至還捐了五十美分資助他們在法庭上辯護。即使示威活動平息之後，她也持續抵制市中心的店家，雖然沒有人知道這當中有多少是出於團結，多少是出於她個人對高價的不滿。一九六三年的春天，有消息傳出學生們要在佛羅里達劇院外抗議，以爭取開放黑人入座。埃爾伍德有充分理由相信，哈麗雅特一定會為了他的挺身而出感到自豪。

可是他錯了。哈麗雅特．強森（Harriet Johnson）是個如蜂鳥般瘦小的女人，做任何事情都抱著強烈目的性。如果值得去做——例如工作、吃飯、和一個人說話——那她就會認認真真去做，否則乾脆不做。為了防範闖空門的盜賊，她在枕頭底下藏了一把甘蔗刀，埃爾伍德很難想像這位老婦人竟然有害怕的事。但恐懼就是她的原動力。

是的，哈麗雅特參與了抵制公車運動，她必須這麼做——總不可能她是弗倫奇敦唯一一個會搭大眾運輸工具的女人。可是每當斯利姆．哈里森（Slim Harrison）停下他那輛五七年款的凱迪拉克，她和其他要去市中心的女士一起擠進後座時，她都會忍不住地顫抖。靜坐開始了，她很慶幸沒有人指望她公開表態。靜坐是年輕人的遊戲，她沒有那個膽量。越俎代庖，要付出代價。無論是上帝因為她拿了不屬於她的東西而光火，還是白人教導她別去討要他本想施與的小恩小惠，哈麗雅特都得付出代價。她的父親曾因為在田納西大道沒有讓道給白人女士而付出代價；丈夫蒙提（Monty）老是路見不平，拔刀相助。埃爾伍德的父親帕西，帶著太多想法加入軍隊，以至於回來之後，腦子裡就裝不下任何有關塔拉赫西的一切。現在，輪到埃爾伍德了。她從里奇蒙飯店外的一個推銷員手裡，用十美分買下了那張馬丁．路德．金恩的唱片，那是她花過最糟糕的十分錢。裡面什麼都沒有，只有想法。

勤奮工作是最根本的美德，只要你勤奮工作，就沒有時間去遊行或靜坐。埃爾伍德不該去攪和那家電影院的蠢事，為自己招來不必要的麻煩，她說。「你已經答應了馬可尼先生，放學後去他的店裡工作。要是你的老闆不能信賴你，你就沒法保住這份工作。」工作可以保護他，像它曾經保護過她那樣。

蟋蟀在屋子底下喧鬧不已。應該要讓牠繳房租的，牠跟他們一起住了這麼久。埃爾伍德從他的科學課本抬起頭，說：「我知道了。」隔天下午，他問馬可尼先生能不能讓他請一天假。埃爾伍德請過兩天病假，但是除了病假和幾次去探望家人之外，他在店裡工作的這三年從未缺勤。

馬可尼先生說好。那時他正在看賽馬報，連頭都沒抬一下。

埃爾伍德穿上去年解放日戲劇表演的深色寬鬆長褲。他長高了幾吋，於是他把褲管放長了一點，但還是露出一小截白襪子。他用一只全新的祖母綠領帶夾固定住他的黑色領帶，那天的領帶他只試了六次就打好了，還將鞋子擦得閃閃發亮。他看上去很像一回事，雖然很擔心自己的眼鏡會被警察掄起的警棍，或是白人手裡的鐵管和球棒打斷。他將報章雜誌上的血腥畫面從腦中揮去，將襯衫塞進褲子裡。

當埃爾伍德來到門羅街（Monroe Street）的埃索加油站時，他聽見人們的呼聲。「我們想要什麼？自由！我們什麼時候要？現在就要！」農工大學的學生們在佛羅里達劇院前示威抗議，他們圍成圓圈蜿蜒而行，手中高舉標語牌，在影院門口的招牌下輪流喊著口號。那天電影院正在播放《醜陋的美國人》（*The Ugly American*）——只要你有七十五美分和正確的膚色，你就可以看到馬龍．白蘭度（Marlon Brando）[02]。治安官和他的手下們戴著深色墨鏡佇立在人行道上，雙手抱胸。一群白人站在警察後面譏笑嘲弄，還有更多的白人從街上跑過來加入他們。埃爾伍德低著頭繞過人群，悄悄地溜到示威隊伍中，一個穿著條紋毛衣的大女孩身後。她給了他燦爛的笑容，然後點點頭，好像她一直在等他似的。

02 美國知名電影演員、社會活動家。

他一加入人鏈便冷靜下來，跟著其他人默念口號。「法律之下，人人平等。」他的標語牌在哪裡？他光顧著裝扮自己，卻忘了帶道具。他製作的標語牌，完全比不上那些大孩子手裡的完美模版作品。他們肯定練習過。「非暴力是我們的口號。我們要用愛贏得勝利。」個子矮小的光頭男孩，舉著布滿卡通風格問號的牌子，上面寫道「你就是那個醜陋的美國人嗎」。這時，有個人一把抓住埃爾伍德的肩膀。他以為會看到一把活動扳手朝他揮去，沒想到原來是希爾先生。他的歷史老師邀請他到林肯高中三年級生的隊伍。比爾．圖迪（Bill Tuddy）和阿爾文．塔特（Alvin Tate），兩人都是籃球校隊的成員，他們握了握他的手。他們以前從來沒有和他打過招呼。他一直將自己上街遊行的夢想藏在心底，從未想過原來學校裡也有人和他一樣，迫切地想要站出來發聲。

接下來的一個月，治安官在催淚瓦斯的混亂中揪住他們的衣領，逮捕了超過兩百名示威者，並以藐視法律為由起訴他們。不過，第一次的遊行並沒有發生任何事件。當時，梅爾文．格里格斯科技大學（Melvin Griggs Technical）的學生們也加入了佛羅里達農工大學的行列。除此之外，還有佛羅里達大學（University of Florida）和佛羅里達州立大學（University of Florida State）的白人學生，以及種族平等大會（Congress of

Racial Equality）經驗豐富的老手們。那一天，白人不分老少都對著他們叫罵，但是這些話埃爾伍德騎著腳踏車在路上的時候，汽車裡的人都對他說過了。有個面紅耳赤的白人男孩看上去很像卡梅隆·帕克（Cameron Parker），里奇蒙飯店經理的兒子。後來他又繞了一圈，才確定那就是他。幾年前，他們曾在飯店後面的巷子裡交換漫畫。卡梅隆沒有認出他。閃光燈在他臉上閃了一下，埃爾伍德嚇了一跳，原來是《紀錄報》的攝影師，他的外婆拒讀這份刊物，因為他們關於種族議題的報導太過偏頗。當抗議隊伍來到州立劇院時，身穿藍色毛衣的女大生將一個寫著「我也是人」的標語牌遞給他，他把牌子高高地舉過頭頂，讓自己的聲音融入驕傲的和聲之中。當時州立劇院正在上演《火星入侵地球日》（*The Day Mars Invaded Earth*）。那天晚上，他覺得自己好像在一天內走了十萬哩。

三天後，哈麗雅特當面質問他——那天她朋友圈裡的一個人看見他，於是消息過了這些天才傳到她耳裡。從前她會用皮帶打他屁股，但他現在已經長得太高了，所以她決定採用強森家族代代相傳的老方法——用冷戰的方式對付他。這個辦法可以追溯至重建時期，讓受罰者體會到完全被無視的感覺。她下達了禁止使用留聲機的命令，考量到這一代黑人青年的韌性，她把留聲機搬到自己房裡，用磚塊壓住。兩人就這樣在沉默中煎熬。

一個星期後，家中的一切又恢復常態，可是埃爾伍德變了。更近了。在示威遊行中，他總感覺離自己更近了一些。雖然只有短暫的片刻，僅僅是那天在屋外的陽光底下，但那已為他的夢想提供了足夠的養分。一旦他上了大學，離開他們在布雷瓦德街的那間小房子，他就要展開他自己的人生。帶女孩們去看電影——他已經不想在這方面壓抑自己了——然後確立學業方向。在眾多積極投身於提升黑人地位的年輕夢想家中，找到屬於自己的立足之地。

那年在塔拉赫西的最後一個夏天很快就過去了。希爾先生在他放暑假前的最後一天，送了他一本詹姆斯・鮑德溫（James Baldwin）[03]的《土生子札記》（*Notes of a Native Son*），讓他的思緒翻騰不已。黑人也是美國人，他們的命運就是國家的命運。他在佛羅里達劇院的遊行，為的不只是捍衛他自己和黑人同胞的權利；他是為了所有人的權利，甚至包括那些高聲呵斥他的人。我的鬥爭就是你的鬥爭，你的重擔就是我的重擔。可是應該怎麼告訴人們呢？他熬夜給《塔拉赫西紀錄報》（*Tallahassee Register*）寫了幾封探討種族問題的信，卻沒有被刊登出來，不過他給《芝加哥捍衛者

03美國著名非裔小說家、散文家、詩人、劇作家及社會活動家。

報》寫的其中一封，倒是有被刊印出來。「我們想試問老一輩人，你們是否願意接受我們的挑戰？」因為害羞，他沒有將此事告訴任何人，而且還用了假名：阿切爾．蒙哥馬利（Archer Montgomery）。這個名字聽上去嚴肅且富有涵養，然而，直到看見這個名字被印在黑白的報紙上，他才驚覺自己用了爺爺的名字。

六月，馬可尼先生當了外公，這個人生的里程碑讓這名義大利人顯露出不一樣的面貌。他將商店變成展示祖父慈愛的玻璃櫥窗，店裡長年來的安靜氛圍不復從前，取而代之的是他身為移民的奮鬥史，與古怪的生意經。他開始提早一個小時關店，卻照樣支付埃爾伍德全天班的工資。每當這種情況發生，埃爾伍德便會漫步至籃球場，看看有沒有人在打球。以前他都只站在旁邊看，但是參加抗議遊行的經歷讓他不再那麼怕生，還在場邊交到了幾個朋友，這些男孩就住在兩條街之外，在路上遇見這麼多年卻從未交談。有時候他也會和彼得．庫姆斯（Peter Coombs）一起去市中心，他是獲得哈麗雅特批准的鄰居男孩，因為他會拉小提琴，又和她的孫子一樣喜歡看書。如果那天彼得沒有練習，他們就會一起去逛唱片行，偷偷去看他們被禁止購買的密紋唱片封面。

「什麼是『Dynasound』？」彼得問。

一種新的音樂類型？不同的聽音樂方式？他們被搞糊塗了。

偶爾在炎熱的午後，佛羅里達農工大學的女學生們會到店裡買汽水。埃爾伍德向她們詢問抗議的最新動態，當她們發現原來他們之間有這樣的關聯，她們頓時喜出望外，並裝出相熟的樣子。不止一位女孩告訴他，她們以為他已經上大學了。他把這些話當作讚美，裝飾著他離家遠遊的白日夢。樂觀的心態讓埃爾伍德變得像收銀機下方的廉價太妃糖一樣，容易受外界影響。那年七月，當希爾先生來到店裡向他提議時，他已經準備好了。

埃爾伍德沒有在第一時間認出他。沒有五彩繽紛的蝴蝶領結，敞開的橘色格紋襯衫露出內衣，還有時髦的太陽眼鏡——希爾先生看起來彷彿好幾個月沒有為工作的事情煩心過，而非只有幾個星期。他帶著閒散度日了整個夏天的慵懶姿態，向他從前的學生打招呼。他告訴埃爾伍德，這是他多年來第一個沒有出門旅行的暑假。「我在這裡還有很多事情要做。」說著，他朝人行道點了點頭。一名頭戴軟邊草帽的年輕女子正在等他，她伸出一隻纖細的手遮著眼睛，遮擋刺眼的陽光。

埃爾伍德問希爾先生想買些什麼。

「我是來這裡找你的，埃爾伍德。」他說，「我從朋友那兒得知了一個機會，然後我立刻就想到了你。」

希爾先生有個同為自由乘車運動者的夥伴，他是大學教授，在梅爾文·格里格斯科技大學找到了一份差事，這所黑人大學就位在塔拉赫西的南邊。他教授英語及美國文學，剛結束他在那裡的第三個學年。該校曾有一段時間管理不周，新任校長正在努力扭轉局面。梅爾文·格里格斯向成績優異的高中生開放課程已有一段時日，但是當地的家庭都沒有得到消息。校長委託希爾先生的朋友負責此事，於是他便主動聯繫他：也許林肯高中會有幾個天資聰穎的孩子對此感興趣？

埃爾伍德緊緊握住手中的掃把。「聽起來很棒，但我不知道家裡有沒有錢讓我去上那樣的課。」接著，他搖了搖頭：他存了這麼久的錢就是為了去聽大學的課，就算他還沒從林肯高中畢業，他不也可以同時去大學修課嗎？

「這就是重點，埃爾伍德——這些課都是免費的。至少今年秋天是，這樣校方就能在社區裡做宣傳。」

「我得先問過外婆。」

「就按照你想的去做吧，埃爾伍德。」希爾先生說，「我也可以和她談一談。」

他把手放在埃爾伍德的肩膀上。「最重要的是，這對像你這樣的年輕人來說是再理想不過了，你就是他們想要找的人。」

那天下午，埃爾伍德趕一隻嗡嗡作響的大蒼蠅時，他想著在塔拉赫西可能沒有很多白人小孩有大學學歷。**在一場比賽中，你若不想永遠落於人後，你就得超越前方的人。**

面對希爾先生的提議，哈麗雅特沒有表示任何疑慮——其中「免費」二字無疑起到關鍵作用。在那之後，埃爾伍德的暑假就像泥龜一樣緩慢前進。希爾先生的朋友教的是英語，起先他以為自己必須報名文學課，儘管後來他發現自己可以選擇任何他想要的課程，他也依舊沒有改變心意。雖然修讀關於英國作家的概論課不太務實，就像他外婆所指出的那樣，但他越想越覺得這正是它的魅力所在。他已經過度務實太久。大學的課本也許會是全新的，沒有任何記號，也沒有需要塗掉的東西。這是有可能的。

埃爾伍德即將開始大學課的前一天，馬可尼先生把他叫到收銀台。埃爾伍德因為要去大學修課，接下來的星期四都沒辦法上班；他以為老闆只是想確保他不在的時候，店裡也能正常運作。義大利人清了清嗓子，然後將一只天鵝絨盒子推到他面前。「給你上課用的。」他說。

那是一支鑲著銅邊的午夜藍鋼筆。一份很棒的禮物，雖說文具商是他們的老顧客，肯定有給馬可尼先生打折。他們用男人的方式握了握手。

哈麗雅特祝他一切順利。她每天早上都會檢查他的制服，確認他衣著得體。不過，除了偶爾拔掉一根線頭之外，她從未做過任何改動，這一天也不例外。「你看起來真帥氣，埃爾。」她說。在去巴士站之前，她親了一下他的臉頰，接著聳起肩膀，就像她每次努力克制自己，不要在他面前掉淚時那樣。

儘管埃爾伍德在放學之後還有充裕的時間可以去參觀大學，但他等不及想去看看梅爾文・格里格斯，所以早早就出發。在他被揍出黑眼圈的那個晚上，他的腳踏車鏈條上有兩個鉚釘被弄壞了，自那之後，只要他稍微騎遠一點，鏈條就會咔嚓一聲地斷掉。如果這種情況發生，他就只能在路邊伸出大拇指，或是徒步走七哩的路。然後他會踏進校門，探索校園，迷失在那一棟棟大樓之間，或者就只是坐在方庭外的長椅上，呼吸那裡的空氣。

他站在舊班布里治路（Old Bainbridge Road）的轉角，等待一名開往公路的黑人駕駛。兩輛皮卡車從他面前呼嘯而過，接著一輛翡翠綠的六一年款普利茅斯復仇女神（Plymouth Fury）緩緩駛來——低扁的車身配上尾翼，宛如巨大的鯰魚。駕駛探出窗外，為他打開後座車門。「我往南走。」他說。埃爾伍德坐進車內，白綠相間的人造皮椅發出吱吱的摩擦聲響。

「我叫羅德尼（Rodney）。」男人說。羅德尼看上去膀圓腰粗，實際上卻十分結實，活脫脫就是黑人版的愛德華．G．羅賓遜（Edward G. Robinson）[04]。他那身灰紫條紋的西裝，讓他的裝扮更顯傳神。羅德尼握了握他的手，埃爾伍德被他手指上的戒指夾到肉，痛得縮了一下。

「埃爾伍德。」他把書包放在兩腿之間，望向車內那極具現代感的儀表板，上面的銀色細節讓所有按鈕顯得耀眼而突出。

他們朝南駛向郡道六三六號。羅德尼無奈地敲了敲收音機。「這東西總是找我麻煩，你來試試。」埃爾伍德按了幾下按鈕，找到了一個R&B電台。他下意識地想要換台，但是想到哈麗雅特不在，沒有人會對歌詞裡的雙關語大驚小怪——她的解釋總是讓他既困惑又懷疑——他便讓電台繼續播放，當時放的是一個嘟哇調（Doo-wop）[05]樂團的歌。羅德尼和馬可尼先生用的是同一款髮油，車裡的空氣充滿了它刺

04 美國好萊塢黃金時代紅極一時的男演員。

05 一九四〇年代發源於美國大城市的非裔美國人社區的一種流行音樂類型，融合了節奏藍調與人聲合唱。

鼻濃郁的氣味。沒想到就連休假，他也擺脫不了它。

羅德尼剛從瓦爾德斯塔（Valdosta）探望他母親回來，他說他之前從沒聽說過梅爾文．格里格斯，他的話重重地挫敗了埃爾伍德在這重要之日的滿腔傲氣。「大學啊。」說著，羅德尼從牙縫間吹了一聲口哨。「我從十四歲開始就在一家椅子工廠工作了。」他補充道。

「我現在在一間菸草店工作。」埃爾伍德說。

「我想也是。」羅德尼回答。

音樂電台主持人以極快的語速播報了週日二手市集的資訊，接著是歡樂城的廣告，埃爾伍德跟著哼了起來。

「這是怎麼回事？」羅德尼說。他大大地吐了一口氣，然後破口大罵。他的手在後腦勺來回摩挲。

巡邏車的紅燈在後視鏡裡不停打轉。

當時他們在鄉下，周圍沒有其他車輛。羅德尼嘟囔著，把車停在路邊。埃爾伍德把書包放到大腿上，羅德尼要他保持冷靜。

白人警官把車停在他們後面幾碼的地方。他把手放在手槍套上，然後走上前去。

他摘掉墨鏡，將它放在胸前的口袋。
羅德尼說：「你不認識我，對吧？」
「對。」埃爾伍德回答。
「我會這樣跟他說的。」
這時警官已經拔出手槍。「他們叫我要留意一輛普利茅斯的時候，我的第一個反應就是——」他說：「只有黑鬼才會偷那種車。」

PART TWO

第二部

第四章

法官下令將他送往鎳克爾後，埃爾伍德在家中度過了最後三個夜晚。州政府的車在星期二早上七點鐘抵達。法警是個相貌和善的南方人，留著滿臉濃密而不修邊幅的鬍鬚，走起路來搖搖晃晃，像宿醉未醒。他身上那件襯衫已經太小了，繃緊的釦子讓他看上去像是在衣服裡塞了軟墊。但他終究是個配槍的白人，再怎麼邋遢，仍散發著一定的震懾力。沿街的男人都站在門廊，邊看邊抽菸，手緊緊地抓著欄杆，彷彿生怕自己會掉下去。街坊鄰居透過窗戶偷窺這一幕，同時聯想到多年前的某個場景，當時也有一個男孩或男人被帶走，但他不是某個住在對街的鄰居，而是他們的親人，兄弟或兒子。

法警說話的時候，嘴裡總是叼著一根牙籤，不過他的話並不多。他用手銬將埃爾伍德銬在前座後面的金屬桿上，在接下來那趟兩百七十五哩的旅途中一路保持沉默。

他們在坦帕（Tampa）下車，五分鐘後，法警便和監獄的書記吵了起來。他犯了個錯：總共有三名男孩要去鎳克爾學院，黑人男孩應該是最後才要去接的人，不是第一個。畢竟，塔拉赫斯距離學校只有一個小時的車程。書記質問他這樣載著男孩像溜溜球一樣來回奔波，難道不覺得奇怪嗎？說到這裡，法警的臉頓時漲得通紅。

「我只是按照文件上寫的順序辦事。」法警說。

「那是姓氏的首字母順序。」書記回答。

埃爾伍德揉了揉手銬在手腕上留下的勒痕，他敢肯定等候室的長凳原是教堂的長椅，因為兩者的外觀完全一致。

半個小時過後，他們再次上路，將富蘭克林・T（Franklin T.）和比爾・Y（Bill Y.）先後接上車。他們姓氏首字母與埃爾伍德的相距甚遠，性格更是天差地別。埃爾伍德看到身邊這兩個白人男孩的第一眼，他就知道他們性情粗暴。富蘭克林・T有他有生以來見過最多的雀斑、晒得黝黑的皮膚，和一頭剃成平頭的紅髮。他總是哭喪著臉，頭低低地盯著腳趾，然而每當他抬頭望向他人時，他的眼裡永遠充滿怒火。比爾・Y的眼睛則被打得又黑又紫，看上去十分嚇人。他的嘴唇腫脹，上面有著結痂的傷口。他臉頰右側那塊棕色的梨形胎記，又為這張斑駁的臉增添了一抹色彩。他一看見埃爾伍德就輕蔑地哼了一聲，而且一路上只要他們的腿碰在一起，比爾就會倏地把腿縮回去，彷彿他碰到滾燙的鑄鐵壁爐。

無論他們各自有著什麼樣的經歷，無論他們是做了什麼才被送去鎳克爾，此刻男孩們都以相同的方式被綁在一起，並朝著相同的目的地前進。過了一會，富蘭克林和比爾開始交談。這是富蘭克林第二次去鎳克爾。第一次是因為不聽話；這次則是因為逃學。他曾因為盯著其中一位舍監的妻子看而被痛打一頓，但是除此之外，他覺得那裡是個不錯的地方，至少可以讓他遠離他的繼父。比爾由他姊姊一手帶大，就像法官說的，他成天跟一群狐朋狗友混在一起。他們打破了一家藥局的玻璃櫥窗，不過比爾的刑罰比較輕，他只是被送去鎳克爾，因為他才十四歲，其他人都被送去皮德蒙特監獄（Piedmont）了。

法警告訴那兩個白人男孩，和他們坐在一起的是個偷車賊，比爾聽了大笑起來。「噢，我以前經常偷別人的車去兜風。」他說：「他們應該為這件事處罰我，而不是一扇愚蠢的窗戶。」

他們駛離州際公路，來到蓋恩斯維爾市（Gainesville）之外。法警將車子停在路邊，放所有人去尿尿，發給他們芥末三明治吃。等他們回到車上後，他沒有用手銬銬住他們。法警說他知道他們不會逃走。他繞過塔拉赫斯，沿著小路從外圍走，好似這個地方已不復存在。我甚至不認得這些樹，當他們來到傑克遜郡（Jackson County）時，埃爾伍德這樣對自己說，內心不禁感到低落。

他看了看學校，心想也許富蘭克林是對的——鎳克爾並沒有那麼糟。他原以為會有高高的石牆和帶刺的鐵絲網，但實際上這裡根本沒有圍牆。校園被打理得一絲不苟，鬱鬱蔥蔥的花草樹木中，幾棟兩三層樓高的紅磚房妝點其間，高大而古老的雪松與山毛櫸在地上映出片片樹蔭。這是埃爾伍德見過最漂亮的地方——一所真正的學校，一所好學校，而不是他在過去幾個星期設想的那種、令人生畏的矯正學校。諷刺的是，它與他想像中的梅爾文．格里格斯科技大學竟有幾分相似，只是少了一些雕像和柱子。

他們循著長長的路來到第一行政大樓，埃爾伍德看見足球場上幾個男孩你爭我搶，大喊大叫。他本來在腦中預想的是被鐵球和鐵鏈綁住的孩子們，就像卡通裡演的那樣，可是這群孩子卻在那兒玩得不亦樂乎，在草地上追逐嬉鬧。

「很好。」比爾滿意地說道。埃爾伍德不是唯一一個鬆了一口氣的人。

法警說：「別耍小聰明。要是舍監沒有抓到你們，沼澤也沒困住你們——」

「他們就會把阿帕拉契州立監獄（Apalachee）的那群狗叫過來。」富蘭克林說。

「只要你們安分守己，就能安然無事。」法警說。

走進大樓後，法警朝一位祕書揮手示意，祕書帶著他們來到一間黃色的房間，四周的牆邊各放置了一排木製文件櫃。椅子像在教室那樣成排擺放，男孩們各自選了與彼此相隔甚遠的位置坐下。埃爾伍德一如往常地選擇了前排的座位。當斯賓瑟主任敲門進來時，三個人都坐直了身子。

梅納德．斯賓瑟（Maynard Spencer）是個年近六旬的白人，幾根銀絲夾雜在那頭剪短的黑髮之間。一位嚴謹一絲不苟的晨起者，就像哈麗雅特經常說的，他的每個舉動都顯得如此慎重，彷彿事先全在鏡子前排練過。他生著一張瘦長的浣熊臉，埃爾伍德注意到他的小鼻子、他眼睛下方的黑眼圈，和兩道濃密粗眉。斯賓瑟對身上深藍色的鎳克爾制服極其講究，衣服上的每一道皺褶看起來都銳利得能切開東西，彷彿他本人就是活生生的一把刀。

斯賓瑟對抓著桌角的富蘭克林點了點頭。主任強忍住笑容，好像他早就預料到這個男孩會回來。他靠在黑板上，雙手抱胸。「你們今天到得比較晚。」他說：「我就長話短說了。各位之所以會在這裡，都是因為不知道怎麼跟品行端正的人共處。那也不要緊。這裡是一所學校，而我們是你們的老師。我們會教你們怎麼像其他人那樣做人處事。」

「我知道這些話你之前都聽過了，富蘭克林，但顯然沒有把它放在心上。也許這一次你會吸取教訓。現在，你們三個都是『幼蟲』。在這裡，我們會依照你們的行為舉止分成四個等級——從『幼蟲』開始，你們得透過努力升上『探險家』，接著是『先鋒』，最後成為『佼佼者』。只要好好表現就能獲得點數，你們就能往上晉級。你們要為了升上最高的『佼佼者』而努力，你才能從這裡畢業，回家與家人團聚。」他停頓了一下。「前提是如果他們願意接你們回去的話，不過那就是你們之間的問題了。」他說「佼佼者」會聽宿舍管理員和舍監的話，做事不推託，不裝病，而且全部心思都放在學習上。「佼佼者」不會打架、不會罵人，也不會褻瀆上帝或胡鬧。他會努力改過自新，從早到晚不鬆懈。「你們會在這裡待多久完全取決於自己。」斯賓瑟說：「不過我們不會把時間浪費在白痴身上。要是你們搞砸了，我們會給你們另外安排一個地方，你們絕對不會喜歡那裡。到時候，我會親自監督你們。」

斯賓瑟的表情極為嚴肅，但是當他碰觸到掛在皮帶上的那一大串鑰匙時，他的嘴角似乎因為愉悅而抽動了一下，或是透露了另一種更陰暗的情緒。主任轉身面向富蘭克林，那個又回來再度體驗鎳克爾生活的男孩。「告訴他們吧，富蘭克林。」

富蘭克林的聲音變得沙啞，他調整了一下自己的狀態，才開口：「是，先生。你們絕對不會想在這裡越界。」

主任輪番觀察三位男孩，在腦中記下他們的長相，隨後起身。「剩下的事情就由盧米斯（Loomis）先生告訴你們吧。」說完，他便走了出去。他皮帶上那串鑰匙叮噹作響，像西部片裡治安官的馬刺。

一位陰沉的年輕白人——盧米斯——在幾分鐘後出現，他領著他們到存放學校制服的地下室。各種尺寸的丹寧褲、灰色工作服和棕色雕花鞋堆滿牆架。盧米斯要男孩們找到適合自己的尺寸，他將埃爾伍德領到黑人專區，那裡的衣物更為破舊。於是，他們換上了自己的新衣服。埃爾伍德將他的襯衫和工裝褲折好放進從家裡帶來的帆布包，包裡還有兩件毛衣，以及他在解放日演出的戲服，以便去教堂時可以穿。而富蘭克林和比爾則什麼都沒有帶。

另外兩個男孩更衣的時候，埃爾伍德儘量克制自己不要盯著他們身上的疤痕看。兩人都有一道道長長的、凹凸不平的疤痕，還有看起來像是燙傷的痕跡。那天之後，他再也沒見過富蘭克林和比爾。這所學校有超過六百名學生；白人男孩待在山腳，黑人男孩則在山坡。

回到大廳，男孩們等待各自的舍監來接他們。埃爾伍德的舍監最先抵達，男人身材渾圓、白髮蒼蒼、皮膚黝黑，有著一雙充滿笑意的灰色眼睛。相較於嚴厲而又令人畏懼的斯賓瑟，布萊克利（Blakeley）則脾性溫和且和藹可親。他熱情地和埃爾伍德握了握手，告訴他，自己是他被分配到的克利夫蘭宿舍負責人。

當他們走到有色人種宿舍區時，埃爾伍德的身體才放鬆下來。由斯賓瑟那樣的人管理的地方教他心生恐懼，意味著他在這裡的日子，都得待在那種人眼皮底下——喜歡威脅他人，並且享受威脅在他人身上造成效果的人。不過，也許黑人的教職人員會好好照顧他們的學生。就算他們和白人一樣苛刻，埃爾伍德也不會允許自己做出帶給別人麻煩的偏差行徑。他用這樣的方式自我安慰，他告訴自己，他只要繼續做一直以來堅持在做的事就好，也就是——做正確的事。

當時沒有什麼學生在外面走動，宿舍樓的窗戶上倒是人影幢幢。大概是晚餐時間到了，埃爾伍德猜想。幾個黑人男孩在水泥走道上與他們擦肩而過，他們恭敬有禮地向布萊克利打招呼，卻對埃爾伍德視若無睹。

布萊克利告訴他，從「過去那段糟糕的日子到現在」，他已在這所學校工作了十一年。該校的教育理念，他解釋道，就是將男孩們的命運交回到他們自己手上。「這裡的一切都是男孩們一手建造。」布萊克利說：「包括燒製這些建築要用的磚頭，鋪上混凝土，以及照料這一整片草地。就像你看到的，他們做得非常出色。」勞動能維持男孩們的定性，他繼續說，並提供他們畢業後能夠派上用場的技能。從稅務法規、建築規章到違停罰單，鎳克爾的印刷廠承攬了佛羅里達政府的所有印刷品。「學會如何執行這些大訂單，並承擔起自己的責任，將會是你一生受用的知識。」

每個男孩都必須上學，布萊克利說，這是規定。其他的矯正學校也許不怎麼注重矯正與教育之間的平衡，可是鎳克爾一定會確保他們的學生不落人後，一天學習、一天工作，兩者交互輪替，星期天休息。

舍監注意到了埃爾伍德的表情變化。「跟你想的不一樣嗎？」

「我原本打算今年要去大學修課的。」埃爾伍德說。那時已是十月，他本來應該沉浸在新學期的學習之中。

「和古道爾（Goodall）先生談談吧。」布萊克利回答：「他負責高年級生的教學，相信他會幫你安排。」他露出微笑。「你在田裡工作過嗎？」他問。他們在一千四百畝的土地上種植了許多不同的作物——萊姆、地瓜、西瓜。「我是在田裡長大的。」

布萊克利接著說：「這裡的學生很多都是第一次自己照顧某樣東西。」

「是，先生。」埃爾伍德說。他的襯衫裡有類似標籤的東西，一直扎著他的脖子。

布萊克利停下腳步。他說：「你知道什麼時候該說『是，先生。』——也就是不管什麼時候都應該這麼回應——你會沒事的，孩子。」他很清楚埃爾伍德的「處境」——他用委婉的語調小心裹住這個詞。「這裡有很多男孩都沒搞清楚狀況。這是你好好審視自己、把事情思考清楚的機會。」

克利夫蘭和校園內的其他宿舍樓並無二致：鎳克爾自製的磚牆上蓋著綠色銅屋頂，四周環繞著從紅土冒出來的黃楊樹籬。布萊克利帶著埃爾伍德踏進前門，他馬上就意識到外面和裡面是兩回事。變形的地板不停發出嘎吱聲，黃色的牆壁上滿是磨損與劃痕。娛樂室裡，沙發和扶手椅的填充物慢慢溢出。上百隻淘氣的手在桌面刻滿姓名縮寫和綽號。埃爾伍德專注地想像哈麗雅特可能會特別列舉出來要他注意的打掃事項：指紋油痕在每個櫥櫃的彈簧鎖和門把上留下的模糊光暈，以及角落裡的灰塵團和毛髮。

布萊克利向埃爾伍德說明宿舍樓格局。每棟宿舍一樓都由一間小廚房、行政辦公室和兩間會議廳組成。二樓是寢室，兩間為高中生年齡的學生準備，最後一間則是給年紀更小的孩子。「我們都叫那些孩子『寶貝』，但別問我為什麼——沒有人知道原因。」頂樓是布萊克利住的地方，還有幾間雜物間。現在男孩們都準備就寢了，布萊克利告訴他。餐廳就在旁邊，他們正在進行晚餐後的善後工作，不過，他問他想不想在晚上廚房關門以前吃點東西？埃爾伍德沒有心思想吃飯的事，他此刻思緒紛亂如麻。

二號寢室還有一張空床。三排床鋪排列在藍色油氈地板上，每排各有十張床，每張床床尾都擺了一個給男孩放東西的置物箱。過來的路上，大家都對埃爾伍德不聞不問，可是在這裡，所有男孩都在打量他，當布萊克利帶他走過一排排床鋪，有些人悄悄和夥伴交換意見，另一些人則暗自蒐集大家對他的評價，以備日後參考。有個男孩看起來像三十歲男人，但埃爾伍德知道那是不可能的，只要你一滿十八歲，他們就會放你出去。有些男孩舉止粗魯，就像在坦帕上車的那兩個白人男孩，但是大多數人看上去就和從前社區裡的普通男孩沒兩樣，只是神情更悲傷，這讓他安心不少。如果他們都是普通的男孩，他就能挺過去。

儘管他聽過一些傳聞，但鎳克爾確實是學校，而不是陰森的少年監獄。他的律師告訴他，他的運氣很好，偷車在鎳克爾本來算是一項重罪。埃爾伍德後來了解，大部分的孩子都是因為更輕微——甚至更模糊、更難以解釋——的罪行被送來這裡。有些學生是國家的監護對象，他們沒有家人，也沒有其他願意收留他們的地方。

布萊克利打開置物箱，告訴埃爾伍德他的肥皂和毛巾都在這裡，接著便向他介紹睡在他兩側的男孩——德斯蒙德（Desmond）和帕特（Pat）。舍監要他們負責教埃爾伍德這裡的規矩：「別以為我不會盯著你們。」兩個男孩咕噥地說了句你好，等布萊克利一離開寢室，他們就接著回去玩他們的棒球卡。

埃爾伍德從小到大都不是個愛哭的人，但是自從被逮捕之後，他就變成了一個愛哭鬼。到了晚上，每當他想著在鎳克爾等待他的人事物，眼淚都會找上他；或是當他聽見外婆在隔壁房間啜泣，坐立難安處走動，東西打開又關上，因為不知道她這雙手該往哪裡擺才好；又或是當他試圖弄明白自己的人生為什麼會落到這步田地，卻一無所獲的時候。他知道他不能讓男孩們看見他哭，所以他在床上轉過身，用枕頭蓋住頭，仔細聆聽周遭的聲音：玩笑與譏諷，關於家鄉和遠方同伴的故事，關於世界如何運作的幼稚猜想，以及他們打算用來智取這個世界的天真計畫。

這一天開始時他還過著從前的生活，而這一天結束時他卻到了這裡。枕頭套聞起來有醋的味道，夜裡，蚱蜢與蟋蟀的叫聲此起彼伏，時而輕柔，時而響亮，反反覆覆。

埃爾伍德睡著以後，一種截然不同的噪音開始響起。一陣毫無變化的迅猛呼嘯從外面傳來，聽起來機械又可怖，教人無從分辨聲音來源。他不知道自己從哪本書上看到這個詞的，但是這個詞就這樣驀然浮現在他的腦中：傾瀉而下。

這時，房間對面的一個聲音說道：「看來有人去外面吃冰淇淋了。」幾個男孩聽了不禁竊笑起來。

第五章

埃爾伍德來到鎳克爾的第二天遇見了特納（Turner），也是那一天，他發現了噪音背後的恐怖意圖。「大部分的黑鬼都能撐上好幾個星期才倒下。」那個名叫特納的男孩後來告訴他，「你必須改掉拚命三郎的狗屁個性，埃爾。」

多數早晨他們都是被號手和他輕快的起床號叫醒的。布萊克利敲響二號寢室的房門，喊道：「起床了！」學生們在呻吟與咒罵聲中，迎來他們在鎳克爾的又一個早晨。他們排成兩列點名，接著是兩分鐘的淋浴時間，男孩們抓緊時間，瘋狂地用白堊皂搓洗身體。埃爾伍德裝出一副對公共浴室習以為常的表情，卻沒能掩飾自己對冷水的驚懼，那水流實在是寒涼刺骨、毫不留情。從水管裡流出來的水柱有股臭雞蛋的氣味，每個用它來洗澡的人在皮膚乾透以前，聞起來也是這股味道。

「現在該去吃早餐了。」德斯蒙德說。他的床鋪就在埃爾伍德旁邊，他正在努力完成昨晚舍監交代的任務。德斯蒙德有一顆渾圓的腦袋、如同嬰兒一般肥嘟嘟的臉頰，和不論是誰第一次聽見都會被嚇到的嗓音——他的聲線粗獷而深沉。每當他躡手躡腳地靠近寶貝，他的聲音總會把他們嚇得驚跳起來，這讓他樂此不疲，直到某天一位嗓音更為深沉的舍監悄悄走到他背後，給了他一個教訓。

埃爾伍德又和他說了一遍自己的名字，以此表示他們的關係能有新的開始。

「你昨天晚上已經告訴過我了。」德斯蒙德回答。他繫好鞋帶，那是一雙被擦得一塵不染的棕色皮鞋。「只要你在這裡待上一段時間，你就得去幫助『幼蟲』，從而獲得點數。我已經拿到晉升為『先鋒者』所需要的一半點數了。」

他和埃爾伍德走了四分之一哩到食堂，可是在排隊取餐時分開了。埃爾伍德在找座位的時候也沒看見他。食堂裡喧鬧嘈雜，擠滿了在早餐時段胡鬧的克利夫蘭男孩。埃爾伍德再一次成了隱形人。他在一張長桌上發現了空位。可是他一靠近，一個男孩便猛地把手放到長凳上，說這個位子已經有人了。隔壁桌坐滿了低年級的孩子們，當埃爾伍德把餐盤放在他們的桌上時，他們都用一種不可思議的眼神望著他，彷彿他瘋了似的。「大孩子不能坐小孩子的桌子。」其中一個男孩告訴他。

埃爾伍德趕緊在他看到的下一個空位坐下，為了避免又被誰指責，他沒有和任何人對視，只是低頭吃飯。燕麥粥裡加了一大堆肉桂粉來掩蓋原本糟糕的味道，埃爾伍德狼吞虎嚥地吃完它。他剝完橘子皮後，才抬頭望向坐在對面一直盯著他的那個男孩。

埃爾伍德第一眼注意到的是男孩左耳上的缺口，看上去就像巷弄裡一隻受傷的野貓。男孩說：「看你吃那碗燕麥粥的樣子，好像那是你媽做的一樣。」

這個提起他母親的人到底是誰。「你說什麼？」

他說：「我沒有惡意，我只是想說，我從來沒看過有人這樣吃這裡的食物，就好像——好像他覺得很好吃。」

埃爾伍德注意到的第二件事，是男孩那種奇特的自我意識。當食堂因為孩子們的喧嚷而鬧騰不已，這個男孩卻沉浸在屬於他自己的寧靜之中。久而久之，埃爾伍德發現無論他身處於何種環境，都能給人一種怡然自得，同時又好像格格不入的感覺；他既融入其中又置身事外；他既是這裡的一分子，又與眾人分隔開來。彷彿一棵橫倒在溪裡的樹——它雖不屬於那裡，卻又從未離開過，並在更寬廣的水流中蕩漾著自己的漣漪。

他說他的名字叫特納。

「我叫埃爾伍德，來自塔拉赫西市的弗倫奇敦。」

「**弗倫奇敦。**」坐在桌子另一頭的一個男孩用娘娘腔的語調模仿埃爾伍德的聲音，逗得他的朋友們哈哈大笑。

他們一共有三個人。塊頭最大的那個他昨晚就見過了，就是看起來年紀太大、不該出現在鎳克爾的男孩。這個大個子名叫格力弗（Griff），除了他那過於成熟的外表之外，他胸膛寬闊，駝著背，活像一隻大棕熊。格力弗的爸爸，據說因為殺了他母親，現在正在阿拉巴馬州（Alabama）服苦役，由此看來，他那種卑劣的性格是家族遺傳。格力弗的兩個夥伴體型和埃爾伍德差不多，骨瘦嶙峋，眼神卻蠻橫凶殘。朗尼（Lonnie）鬥牛犬般的大餅臉逐漸往上收窄，最終在他光禿的頭皮形成子彈的形狀。他蓄了一撮稀疏的小鬍子，習慣在謀劃暴行時用大拇指和食指捋鬍鬚。三人幫裡的最後一名成員叫做黑麥可（Black Mike），他來自奧珀盧薩斯（Opelousas），是個身材精瘦的年輕人，他一直努力克制自己躁動的血液，這天早上，他在座位上晃來晃去，將兩隻手都壓在大腿下，以免它們不受控制地擅自行動。他們三個坐在桌子的另一端——彼此之間的座位都是空著的，因為大家都知道這樣做才是明智之舉。

「我不知道你為什麼要這樣亂叫，格力弗。」特納說，「你明知道他們這個星期在盯你。」

埃爾伍德猜他指的是宿舍管理員，食堂裡總共有八名管理員分別坐在不同餐桌，和他們負責照看的學生們一起吃早餐。他不可能聽見特納說的話，但是離他們最近的那名管理員卻突然抬起頭，大家立刻假裝什麼事都沒有發生。彪悍的格力弗朝特納吠了一聲，另外兩個男孩笑起來，狗叫聲是他們常用的一個老梗。剃了頭的那個男孩朗尼，向埃爾伍德眨了個眼，隨後他們又繼續開他們的晨會。

「我是從休士頓來的。」特納說，他的聲音聽起來沒什麼精神，「那是一座真正的大城市，和你們這些鄉巴佬待的地方完全不一樣。」

「真是謝了。」說著，埃爾伍德把頭往那群惡霸的方向歪了一歪。

男孩端起餐盤。「我什麼也沒做。」

接著，所有人都站起來：該去上課了。德斯蒙德拍了拍埃爾伍德的肩，陪著他一起走過去。有色人種的校舍坐落於山腳，位在車庫與倉房附近。「我以前很討厭學校。」德斯蒙德說：「但在這裡，你可以打混摸魚。」

「我還以為這裡管得很嚴。」埃爾伍德說。

「在家裡，要是我敢翹一天課，我爸就會狠狠地揍我一頓。不過在鎳克爾可就不一樣了。」學科成績與我們能否順利畢業沒什麼關係，德斯蒙德解釋道，老師不會記錄你的出勤，也不會幫你打成績。聰明的孩子會把精力放在累積點數上，只要擁有足夠的點數，就能因為表現良好提早解脫。工作勤勞、舉止得體、乖巧順從——這些才是決定你能否升級的關鍵，而德斯蒙德本人對此從未輕忽過。他必須回家。他來自蓋恩斯維爾，他父親在那裡有一個替人擦鞋的攤子。德斯蒙德逃學過太多次，惹過太多麻煩，他的父親便求鎳克爾收留他。「我經常露宿街頭，他認為我應該學會珍惜還能住在屋子裡的日子。」

埃爾伍德問他這個方法是否有效。

德斯蒙德撇開頭，說道：「兄弟，我必須成為『先鋒者』。」他那成年人的嗓音，從他骨瘦如柴的身體發出來，讓這句話聽上去像是一個沉痛辛酸的願望。

有色人種的校舍比宿舍還要老舊，是少數能夠追溯至學校開辦初期的建築之一。樓上有兩間給寶貝使用的教室，底樓的兩間教室則是為高年級生準備。德斯蒙德帶埃爾伍德到年級教室，裡面塞了五十張課桌。埃爾伍德好不容易擠進第二排座位，卻立刻被眼前的景象嚇得愣在原地。牆上海報有一隻戴著眼鏡的貓頭鷹，正在大聲朗誦字母表，旁邊是基礎詞彙的鮮豔圖畫：房子、貓、穀倉。小孩子的玩意兒。鎳克爾使用的所有教科書都是在他出生以前就出版了，是埃爾伍德記憶中一年級課本的早期版本，比林肯高中的二手課本還要糟糕。

這時，古道爾老師走進教室，但沒有人理睬他。古道爾皮膚泛紅，約莫六十五歲左右，他戴著厚厚的玳瑁眼鏡，身穿亞麻西裝，一頭銀白色的頭髮使他看上去博學多聞。不過，他身上的這種學者風範很快就幻滅了。只有埃爾伍德對老師心不在焉的態度和差強人意的努力感到沮喪，教室裡其他男孩都在嬉笑打鬧中度過了一整個上午。格力弗和他的兩個同伴在教室後面打牌，當埃爾伍德和特納對到眼時，特納正在看一本皺巴巴的《蜘蛛人》漫畫。特納看著他聳聳肩，接著往後翻了一頁。德斯蒙德睡得很熟，他扭著脖子的樣子看著都教人覺得痛。

馬可尼先生店內所有帳務，埃爾伍德都是靠心算完成的，他覺得這門基礎數學課是對他的一種侮辱。他本該去大學修課，這也是他一開始會坐上那輛車的原因。他和旁邊的男孩共用一本識字教材，那個小胖子打了個很響的飽嗝，衝出一股早餐的氣味，接著他們展開了一場無謂的拉鋸戰。大部分的鎳克爾男孩都不識字。當男孩們輪流朗讀那天早課要學的故事——關於一隻勤勞野兔的無聊故事——古道爾先生都不會花力氣去糾正他們，也不會告訴他們正確的讀音。埃爾伍德把每一個音節都讀得極其標準，使得周圍的同學從神遊中回過神來，不禁好奇是什麼樣的黑人男孩會這樣講話。

當午休鈴響起時，他走到古道爾身邊，老師裝出一副認識他的樣子：「你好啊，孩子，有什麼我幫得上忙的地方嗎？」又是一個他班上的黑人學生，他們總是這樣來來去去的。湊近一看，他才發現古道爾泛紅的臉頰和鼻子布滿了疙瘩和凹疤。他的汗水夾雜著昨晚的酒氣，散發出一陣甜膩的溼熱氣息。

埃爾伍德儘量用平和的語氣，詢問鎳克爾是否有為打算上大學的學生開設的進階課程，並謙遜地表示，這套教材他好幾年前就上過了。

古道爾的態度也很親切。「當然！我會把這件事呈報給校長的。你叫什麼名字？」

埃爾伍德在回克利夫蘭的路上趕上了德斯蒙德，把剛剛和老師的談話說給德斯蒙德聽。德斯蒙德卻說：「那種鬼話你也信？」

午餐過後，準備要去上美術課和手工課時，布萊克利把埃爾伍德拉到一旁。舍監希望埃爾伍德和幼蟲們一起到院子裡工作，雖然他是半途加入，但某種層面來看，打理校園能幫助他熟悉環境。「你可要仔細看清楚了。」布萊克利囑咐道。

第一天下午，埃爾伍德和另外五個男孩——他們大多都是寶貝——帶著大鐮刀和耙子在校園裡的有色人種區域四處打轉。他們的隊長是沉默寡言的男孩，名叫傑米（Jaimie），有著鎳克爾學生那種典型瘦骨伶仃、營養不良的體型。他在鎳克爾被來回調動了好幾次——他的母親是墨西哥人，因此他們不知道該拿他怎麼辦才好。他報到那天，他們把他分配在白人校區，可是他第一天在萊姆園裡勞動時被晒得很黑，於是斯賓瑟便把他重新安排到有色人種的校區。傑米在克利夫蘭待了一個月，有一天校長哈爾迪（Hardee）在校園內巡視時，在一片黝黑的臉孔中看見那張淺色的臉，就把他調回白人校區了。但斯賓瑟等了數週之後，又把他扔了回來。「我就這樣被調過去又調回來。」傑米一邊說，一邊把地上的松針耙成一堆。他露出參差不齊的牙齒，苦笑道：「我想，他們總有一天會做好決定。」

他們一路開闢上坡道路時，埃爾伍德藉此有了參觀校園的機會，他們經過另外兩棟有色人種的宿舍、用紅土鋪成的籃球場，和一幢巨大的洗衣房。從山坡往下望，可以看見樹林中白人校區的大致格局：三幢宿舍樓、一間醫院，以及三棟行政樓。學校校長哈爾迪先生，在那棟插著美國國旗的紅色大樓裡辦公。此外還有一些大型設施，讓黑人男孩和白人男孩分別在不同時段輪流使用，例如體育館、教堂和木工房。俯瞰過去，白人校舍與黑人校舍並無二致。埃爾伍德思忖，不知道白人學校的情況會不會比較好，就像在塔拉赫西那樣，還是說，無論學生是哪種膚色，鎳克爾提供的都是一樣不完善的教育。

當他們抵達山頂，園藝組成員們轉過身一看。山丘另一側，就是墓地「布特山」。一圈低矮的粗糙石牆將白色的十字架、灰色的雜草和歪斜彎曲的樹木包圍起來。男孩們決定繞道而行。

如果你從山坡另一側走下去，傑米解釋道，你最終就能抵達印刷廠、第一座農場，然後是標誌著校園最北端的沼澤。「你遲早會去那裡撿馬鈴薯，你不必擔心。」他告訴埃爾伍德。為了執行任務，學生們成群結隊地走在小徑與道路上，而管理員則開著州政府的車在校園內來回巡視。埃爾伍德驚奇地看見一個十三、四歲的黑人男孩駕駛舊拖拉機，後面拉著載滿學生的木拖車。這位司機困倦而鬆放地坐在他寬大座位上，載著乘客們前往農場。

要是其他男孩突然繃緊神經、不再說話，表示斯賓瑟人在附近。

黑人校區與白人校區間立著一棟低矮、狹長的單層矩形建築，埃爾伍德認為那應該是倉庫。鏽跡宛如藤蔓一般落在水泥牆的白漆塗層上，然而窗戶與前門周圍的綠色鑲邊卻鮮豔而明亮。較長的那面牆上有一扇大窗戶，旁邊還有三扇小窗像鴨寶寶那樣跟在後頭。

建築四周有一圈未經修剪的草地，寬度約一呎，因為疏於整理變得荒蕪雜亂。「我們要不要把那裡也修剪一下？」埃爾伍德問。

他身旁的兩個男孩咂了咂嘴。「黑鬼，除非他們帶你過去，否則你不能靠近那裡。」

埃爾伍德在克利夫蘭的娛樂室裡度過晚餐前的空閒時間。他翻了翻櫃子，只見櫃子裡收著紙牌、遊戲和蜘蛛。學生們在為接下來輪到誰玩乒乓球爭執不休，他們對著下垂的球網揮拍，在凶狠扣殺中互相咒罵，一顆顆彈跳的白球，就像是青少年午後凌亂的心跳。埃爾伍德看了看書架上那寥寥無幾的藏書，幾本《哈爾迪男孩》和漫畫，以及一些發霉的自然科學書籍，書中印有太空景觀與海底特寫的配圖。他打開一副紙板做的西洋棋，裡面只剩下三枚棋子——一枚車和兩枚兵。

學生進進出出，有的剛工作或運動完回來，有的正準備出發，還有的打算上樓回寢室，回到他們策劃惡作劇的小小天地。布萊克利先生經過時停了下來，將卡特（Carter）介紹給埃爾伍德。他是其中一名黑人管理員，年紀比舍監輕，舉手投足之間都顯露出他挑剔難搞的個性。卡特抱持著保留的態度向他迅速點了個頭，接著轉身命令角落裡的一個男孩別再吸大拇指。

克利夫蘭的管理員一半是黑人，一半是白人。「無論他們是哪種膚色，」德斯蒙德說：「要想知道他們會放你一馬還是找你麻煩，只有靠丟硬幣才能知道。」德斯蒙德躺在沙發上，頭枕著漫畫，以免碰到墊子上的骯髒汙漬。「大部分都還好，但某些人的脾氣就是臭得像瘋狗一樣。」德斯蒙德指了指那名學生幹部，他的工作是記錄其他學生的違紀行為和出勤情況。克利夫蘭這一週的學生幹部是一個名叫博迪（Birdy）的男孩，他有著淺色皮膚和濃密的金色捲髮，走起路來還有些內八。博迪拿著象徵他職務的板夾和鉛筆，愉快地哼著歌在一樓巡邏。「這傢伙隨時都會告發你。」德斯蒙德說，「但要是遇上一名好心的幹部，你就能攢到讓你升上『探險家』或是『先鋒』的點數。」

一聲汽笛朝著南邊的山坡下呼嘯而去。天知道那是什麼。埃爾伍德將木箱子翻到另一面，然後癱坐在箱子上。人生的道路上，他應該把這個地方放在何處？天花板上那一片片剝落的油漆懸掛空中，烏黑的窗戶每個小時都變得更加陰暗。他想到金恩博士在華盛頓特區為高中生群體發表的那場演說中，提到了《吉姆·克勞法》所帶來的屈辱，以及將這份屈辱轉化為行動的必要性。**它將以任何事物都無法比擬的方式來豐**

富你的精神世界，它將賜予你一種世間罕見的高貴情操，這種情操只有透過愛與無私地幫助同胞才能獲得。將人道主義視為你的終生志業吧！把它看作是你生命的核心價值吧！

雖然我現在被困在這裡，但我要盡自己最大的努力，埃爾伍德告訴自己，我不會在這裡待太久的。家鄉的所有人都知道，他是個性情穩定、辦事可靠的人——鎳克爾的師生們肯定也很快會明白這一點。待會兒吃晚餐的時候，他會向德斯蒙德打聽清楚他需要多少點數才能脫離「幼蟲」等級，大部分的人又是花了多長時間才成功晉級和畢業的。然後，他會以兩倍的速度完成。這是他的反抗。

在他思索這些的同時，他仔細檢查過那三枚棋子，拼湊出一盤完整的西洋棋，連續贏了兩局。

至於他為什麼要介入廁所裡那場紛爭，他事後怎麼也想不明白。這也許就是他外公在哈麗雅特故事中所做的事：路見不平，拔刀相助。

那個被欺負的小男孩科瑞（Corey），他從來沒見過。欺負人的傢伙他倒是在早餐的餐桌上碰到過：長得像鬥牛犬的朗尼，和他性情狂躁的夥伴黑麥可。當時，埃爾伍德到一樓廁所小便，看見那兩個大男孩把科瑞按在裂開的瓷磚牆上。或許是因為埃爾伍德真的一點常識都沒有，就像弗倫奇敦的男孩們說的；又或許是因為他們的年紀比較大，而另一個男孩的年紀比較小。當初他的律師說服了法官，讓埃爾伍德在家裡度過最後的自由時光，再加上那天沒有人能送他去鎳克爾，塔拉赫西的監獄也已經人滿為患。要是他有在冷酷無情的郡級監獄多待一段時間，埃爾伍德說不定就會明白，無論事件背後的真相為何，最好都不要去介入別人的暴力衝突。

埃爾伍德說了聲「喂」，然後往前踏了一步。黑麥可轉過身，朝他的下巴揮了一拳，使他猛地撞上後方的水槽。

另一個男孩——一個寶貝——打開了廁所的門，然後叫道：「噢，該死！」那時，一個名叫菲爾的白人管理員正在巡視。他總是昏昏欲睡的模樣，常常裝作沒看見眼前發生的事。打從年輕的時候開始，他就認定這樣比較輕鬆。但事情就像德斯蒙德所形容的：在鎳克爾，正義就像丟硬幣一樣。這一天，菲爾說：「你們這群小黑鬼在這裡做什麼呀？」他的語調聽上去很輕快，單純是覺得好奇。搞清楚現場的情況並不包含在他的工作範疇內——誰對誰錯，誰先開始的，為什麼——他的工作只是看管好這些黑人男孩，而今天的事態還在他的掌控之中。他知道其他男孩的姓名，於是便問了那個新來的男孩叫什麼名字。

「斯賓瑟先生會處理這件事。」菲爾說，接著叫男孩們準備去吃晚餐。

第六章

白人男孩的瘀傷和黑人男孩的不同。白人男孩之所以稱那裡為「冰淇淋工廠」，是因為你出來時身上會有各種顏色的瘀傷；黑人男孩則稱其為「白宮」，這才是那個地方的官方名稱，而且名字十分貼切，根本不需要修飾——白宮頒布的法令，人人都得遵守。

他們是在凌晨一點來的，不過沒吵醒幾個孩子，因為你一旦知道他們要來，你就難以入眠，縱使你知道他們來找的人不是你。男孩們聽見屋外車輪碾過碎石地，接著一扇扇門被打開，然後是上樓砰砰的腳步聲。聽覺也是一種視覺，在腦中的畫布上描繪出鮮豔明亮的線條。那些人的手電筒閃爍著亮光。他們知道那幾個孩子的床位在哪裡——床鋪之間僅有兩呎距離，有過幾次抓錯人的經驗之後，他們現在都會在動手前先確認一下。他們帶走了朗尼和黑麥可，他們帶走了科瑞，還帶走了埃爾伍德。

那天晚上的訪客是斯賓瑟和名叫厄爾（Earl）的管理員，他身材魁梧且動作敏捷，要是有男孩在後面房間裡崩潰失控，就會需要靠他來控制住場面，以確保他們的工作可以繼續進行。州政府的車都是咖啡色的雪佛蘭，白天它們穿梭在校園內執行簡單的任務，到了晚上它們就成了噩兆。斯賓瑟載著朗尼和黑麥可，厄爾則負責埃爾伍德和哭了一整晚的科瑞。

沒有人在晚餐時和埃爾伍德搭話，彷彿接下來要發生的事會傳染。有些男孩在他經過時竊竊私語——**真是個傻瓜**——那群惡霸則狠狠地瞪著他，但宿舍裡還是籠罩著一股威脅與不安的沉重壓力，直到他們把男孩帶走才終於消散。在那之後，其餘的男孩才放鬆下來，有些甚至能夠沉入夢鄉。

熄燈後，德斯蒙德悄聲告訴埃爾伍德，一旦開始了，就最好不要亂動。皮帶上有個V字型凹槽，如果你亂動，它就會勾住你，然後扒開你的皮。在車上，科瑞叨念著咒語：「我能忍住不亂動，我能忍住不亂動。」看來這件事應該是真的。埃爾伍德沒有問德斯蒙德去過那裡幾次，因為他給出這個建議後就再也沒有吭聲。

白宮從前是一間工棚。他們把車停在後面，斯賓瑟和他的幫手帶他們從後門進去，男孩們都稱為「鞭打入口」。經過這間屋子前，你絕對不會多看它一眼。斯賓瑟從他那一大串鑰匙中迅速找出這裡的鑰匙，打開門上的兩道掛鎖。一股惡臭撲鼻而來——尿騷味混合著其他東西的氣味滲進水泥之中。一顆裸露在外的燈泡在走廊裡嗡嗡作響。斯賓瑟和厄爾帶著他們走過兩間牢房，來到位於建築前半部的一個房間，裡面放著一排栓在一起的椅子，和一張桌子。

前門就在那裡。埃爾伍德有想過要逃跑，但他沒有付諸行動。這個地方解釋了學校為什麼沒有圍牆、圍欄和帶刺的鐵絲，而且逃跑的男孩還這麼少：這裡就是圍住他們的那道牆。

斯賓瑟和厄爾先將黑麥可帶進去。斯賓瑟說：「還以為你上次就能吸取教訓。」厄爾說：「看來他又沒能管好自己。」

呼嘯聲開始響起，宛如一陣平穩的強風。埃爾伍德的椅子劇烈顫動，他想不明白那是什麼東西發出的聲響——大概是某種機器——但那足以蓋過黑麥可的尖叫和皮帶打在他身上的聲音。進行到一半時，埃爾伍德開始數了起來，根據他的理論，只要知道其他男孩被抽了多少下，他就能知道自己待會兒會被抽多少下。除非還有另一套更詳細確切的規則，來決定每個男孩要被抽幾下，比方說男孩是慣犯、挑事者，抑或只是旁觀者。從頭到尾都沒有人問過埃爾伍德對這件事的說法，他只是想阻止在廁所裡發生的衝突——不過身為介入事端的第三者，他或許能少挨幾下。在他正要數到第二十八下時，鞭打停止了，隨後他們便把黑麥可拖進了其中一輛車。

科瑞依舊哭個不停。稍後斯賓瑟回到房間，叫他閉上那張該死的嘴，接著他們就把朗尼帶去受罰了。朗尼被抽了大約六十下，雖然沒能聽清斯賓瑟和厄爾在那裡對他說了些什麼，但他們顯然認為朗尼比他的同伴更需要教導與訓誡。

接下來他們帶走了科瑞，埃爾伍德注意到桌上擺了一本《聖經》。

科瑞被抽了七十下左右——埃爾伍德在過程中幾次走神——可是這根本不合理，為什麼被欺負的反而比欺負人的處罰更重？這下他對自己會被抽幾下徹底沒了主意。也許他們也沒數清楚。也許暴力本身本來就毫無規則可言，沒有人——無論施暴者或被施暴者——知道發生了什麼事和它為什麼發生。

接著輪到埃爾伍德了。兩間牢房相對而立，中間隔著一條走廊。鞭打室裡有一張血跡斑斑的床墊和一顆沒有枕頭套的枕頭，上面覆蓋著每一張咬過它的嘴所留下、層層重疊交錯的汙痕。除此之外，還有一台巨大的工業風扇，呼嘯聲就是它發出來的，它的聲音傳遍整座校園，遠超過物理學能解釋的範圍。它原本被擺在洗衣房裡——夏天的時候，那些老舊機器引起了一場火災——但是政府在某次定期改革制定體罰相關新規定，就有人想到把它搬來這裡的絕妙點子。隨著電扇吹出的風，鮮血飛濺到牆面上。這裡的傳聲效果有一點十分怪異，雖然風扇蓋過了男孩們的叫喊，但你在風扇旁邊卻能清楚聽見教員的指令：**抓住欄杆，不要放手。你要是叫出聲來，你就得挨更多下。給我閉上你那張該死的嘴，黑鬼。**

皮帶有三呎長，還帶了一個木製手柄，在斯賓瑟來到這所學校之前，它就已經被稱作「黑美人」了。不過斯賓瑟手裡拿的不是原來那一條，因為「她」常常需要修理或更換。那條皮帶在落到你腿上之前，都會先打在天花板上，以此告知你它要下來了，接下來的每一擊都會讓床墊的彈簧嘎吱作響。埃爾伍德緊緊抓住床頭，牙齒咬著枕心，但他在鞭打結束以前就暈了過去，因此當人們事後問起他被抽了多少下時，他也不得而知。

第七章

哈麗雅特很少能和她所愛的人好好道別。她的父親遭到市中心的一位白人女士指控，說他在人行道上沒有讓路給她，因而死在了監獄。《吉姆·克勞法》將此定義為「狂妄的接觸」。這就是過去的情況，當他們發現他在牢房內上吊時，他原本正在等待與法官會面，但沒有人相信警察的說辭。「黑鬼和監獄呀。」那時她的叔叔感慨道：「黑鬼和監獄呀。」兩天前，哈麗雅特在放學的路上碰見他時，朝他揮了揮手：當時她那身型高大又笑瞇瞇的爸爸，正準備去做他的第二份工作。

哈麗雅特的丈夫蒙提，在平息西蒙（Simone）小姐店裡的一場衝突時，被椅子砸中頭部。數名來自戈登·約翰斯頓營地（Camp Gordon Johnston）的黑人士兵和塔拉赫西當地的幾個混混，為了接下來輪到誰玩桌球而大打出手，最終導致兩人喪命。其中一個就是她的蒙提，他為了保護店裡的洗碗工挺身而出，隻身對抗三個白人。如今，那個男孩仍會在每年的耶誕節給哈麗雅特寫信，他現在於奧蘭多（Orlando）開計程車，並育有三個孩子。

她的女兒伊芙琳和女婿帕西離開的那天夜裡，她和他們道別。帕西的離去是醞釀多年的結果，但她沒有預料他會帶走伊芙琳。帕西從戰場上回來之後，這個城鎮就已入不了他的眼。那時他在太平洋戰區服役，在後方負責保障供應鏈的穩定。

他回來以後就變壞了，無關他在國外經歷過什麼，而是他回鄉之後所看到的一切。他熱愛軍隊，他甚至因為給上尉寫的一封關於有色人種士兵受到的不公平待遇的信獲得嘉獎。要是美國政府能像開放軍隊那樣，向有色人種開放國內的各種發展機會，他的人生或許就會走上不同的路。可是，允許一個人替你殺敵是一回事，同意讓他住在你隔壁又是另外一回事。《美國軍人權利法案》（*GI Bill*）為與他一起服役的白人士兵提供了許多優渥的福利，但是制服穿在不同的人身上，其代表的意義也不相同。如果白人銀行不讓你進去，那麼就算他們提供無息貸款，對你而言又有什麼意義呢？帕西開車去米利奇維爾（Milledgeville）拜訪從前的隊友時，遇到幾個混混找他麻煩。他在一座小鎮停下來加油，那是瘋子的城鎮，一座會讓你白白掉腦袋的城鎮。他幾乎不怎麼下車——所有人都知道白人男孩會對穿制服的黑人處以私刑，但他從不相信自己會成為他們的目標。絕對不會是他。這幫白人小子由於沒能穿上制服而心生妒忌，更重要的是，一個放任黑鬼穿制服的世界教他們心生恐懼。

伊芙琳嫁給了他，在他們兩個還小的時候，她就想嫁給他了。埃爾伍德的出生並未改變帕西不羈的個性：玉米威士忌和公路旅館之夜，他把這些流氓的特性帶到了他們位於布雷瓦德街的房子。伊芙琳一直以來都不是非常強勢的人，當她待在帕西身邊時，更像是縮成了他的一部分，成了他多出來的一隻手或一條腿，甚至一張嘴：那天，他讓伊芙琳告訴哈麗雅特，他們要離家去加州碰碰運氣。

「誰會在半夜出發去加州？」哈麗雅特問。

「我必須去見一個人，爭取一個機會。」帕西回答。

哈麗雅特認為他們應該把男孩叫起來。「讓他睡吧。」伊芙琳說，這就是她從他們口中聽見的最後一句話。就算她的女兒有任何適合身為人母的特質，她也從來沒有表現出來。當小埃爾伍德吮吸著她的乳房時，她臉上的神情——那雙憂鬱、空洞的眼睛穿過家中牆壁，望向純粹的虛無——讓哈麗雅特每每想起，都不禁感到毛骨悚然。

法院人員來接埃爾伍德的那天，她經歷了最糟糕的道別。畢竟他們祖孫兩人相依為命了這麼多年。她說，她和馬可尼先生一定會確保律師繼續為他的案子竭力爭取。

安德魯斯（Andrews）先生來自亞特蘭大，年輕的白人鬥士，在北方拿到法律學位，煥然一新的回來。哈麗雅特從來不會讓他空著肚子回家，他對她做的脆皮水果派讚不絕口，也對埃爾伍德的前景非常樂觀。

他們會在這片荊棘中開闢出一條道路，她這樣對孫子說，並保證在他到鎳克爾的第一個星期天前去探望他。然而，當她來到校門口時，他們卻告訴她他生病了，無法探視。

她問生了什麼病，但那人只說：「我他媽怎麼知道，女士？」

埃爾伍德病床旁的椅子上，放著一條新的牛仔褲。在鞭打的過程中，前一條牛仔褲的碎布嵌進了他的皮肉，醫生花了兩個小時才把那些纖維全都取出來。這是醫生不時需要履行的職責，這項工作只有鑷子才能勝任。男孩必須住院，直到他走起路來不會痛為止。

庫克（Cooke）醫生的辦公室位在檢查室隔壁，他一天到晚都在那抽雪茄，邊用電話嘮叨他妻子，兩人不是為了錢，就是為了他妻子家裡那些沒出息的親戚爭執不休。那股聞起來像馬鈴薯的菸味瀰漫醫務室，蓋過了汗水、嘔吐物和皮膚的腥臭氣味，而且一直要到清晨才會散去，那時醫生又會回到醫院，再次將這個地方染上這股氣味。玻璃櫃裡擺滿各種藥瓶和藥盒，他總會謹小慎微地打開櫃子，但每次都只拿出那一大桶阿司匹林。

埃爾伍德在住院期間一直都趴在病床上，原因可想而知。醫院教會他適應這裡的節奏。多數日子，威爾瑪（Wilma）護士嘴裡總是嘟嘟囔囔，她的身材結實，動作粗魯，關抽屜和櫃子都用摔。她將頭髮梳成一個甘草紅的蓬鬆高髮髻，臉頰抹上胭紅，不禁使埃爾伍德想起在恐怖漫畫裡忽然活過來的可怕人偶，例如他在表親家就著閣樓窗外光線看的《驚悚地穴》（*The Crypt of Terror*）和《恐怖墓室》（*The Vault of Horror*）。他注意到恐怖漫畫裡的懲罰分為兩種：一種是毫無道理可言，另一種則是壞人所遭受的惡報。他把自己當前的不幸歸為前者，靜靜等著翻到下一頁。

威爾瑪護士對待那些帶著擦傷和小病痛的白人男孩們，幾乎就像是乾媽般和藹可親，但是面對黑人男孩卻從未有過一句好話。埃爾伍德的便盆對她而言尤其是一種侮辱，她的表情看上去就好像他在她伸出的手掌心撒了一泡尿。在他做過的許多遊行抗議的夢裡，她的表情不止一次地出現在櫃台後面拒絕為他提供服務的女服務生臉上，或是像水手一樣罵得口沫橫飛的家庭主婦臉上。每當他晚上夢見自己在外面遊行，早上在醫院裡醒來時他都覺得精神振奮，因為他的思緒依然能夠自由翱翔。

他入院的第一天，醫院裡只有另外一個男孩，男孩的病床藏在病房盡頭的一片移動式隔簾後。每次威爾瑪護士或庫克醫生去照看他時，他們都會拉起隔簾，隔簾的輪子隨之咿咿呀呀地劃過白色瓷磚地。醫生、護士問他話，他也從不回應，但是他們的聲音中存在著一絲喜悅的語調，那是他們在和其他男孩說話的時候不曾流露出來的：那孩子不是絕症患者，就是皇室成員。病房裡的學生都不知道他是誰，以及他為什麼會待在這兒。

病房裡的男孩進進出出。埃爾伍德在那裡認識了幾個不可能在其他地方遇到的白人男孩，他們有的是州政府的監護對象，有的是孤兒，還有一些離家出走的孩子，他們逃離了為錢取悅男人的母親，或是半夜走進他們房間的酒鬼父親。其中有些人是狠角色，他們偷錢、辱罵老師、破壞公物，在撞球房裡和別人打得頭破血流，或是有個釀私酒的叔叔。他們被送來鎳克爾的那些罪名，埃爾伍德聽都沒聽說過：詐病、遊手好閒、屢教不改。這些詞那些男孩也不懂，但是它們所代表的意義卻是再清楚不過——鎳克爾。我為了取暖睡在一間車庫裡卻被當場逮到；我從老師那兒偷了五元；有天晚上我喝了一瓶咳嗽糖漿之後就發了瘋。我只能靠自己勉強過活。

「哇，他們對你真夠狠的。」庫克醫生每次幫埃爾伍德換藥時都會這樣說。埃爾伍德不想看到傷口，可他別無選擇。他朝自己的大腿內側瞥了一眼，大腿後面那幾道紅腫的傷痕像一根根觸目驚心的手指向上攀爬。庫克醫生給了他一片阿司匹林，隨後回到他的辦公室。五分鐘後，他又和妻子吵了起來，因為有個無能的表親為了一項計畫，跑來跟他們借錢。

某個因鼻塞而發出鼾聲的傢伙在半夜吵醒埃爾伍德，害他好幾個小時無法入睡，皮膚在繃帶下抽痛發燙。

住院一週後，他睜開了眼睛，發現特納躺在對面的病床上，哼著《安迪・格里菲斯秀》（*The Andy Griffith Show*）的主題曲，曲調輕快而飛揚。他口哨吹得很好，後來他的演奏成了兩人友誼的配樂，時而傳達渴望逃跑的心情，時而吹出反抗性的言論。

一直等到威爾瑪護士走出去抽菸，特納才解釋自己到此一遊的緣故。「我想給自己放個假。」他說。他吃了一些肥皂粉讓自己生病，一個小時的胃痛可以換來一整天的休假，或是兩天——他知道怎麼騙過他們。「我還藏了一些在襪子裡。」他說。埃爾伍德轉過身去，陷入沉思。

「你喜歡那個巫醫嗎？」特納稍後問道。庫克醫生剛給那排病床上的一個白人男孩量完體溫，他整個人都腫了起來，像牛一樣呻吟著。這時電話響了，醫生將兩片阿司匹林塞進男孩的手裡，匆匆走回辦公室。
特納把輪椅推到埃爾伍德身邊。他坐在給小兒麻痺症患者使用的舊輪椅上，咔噠咔噠地在病房裡閒繞。他說：「就算你他媽掉了腦袋來這裡，他照樣給你阿司匹林。」
埃爾伍德不想笑出聲，那會顯得好像他的痛是裝出來的，可是他沒能忍住。他的睪丸因鞭子落在他兩腿之間而腫起，他笑的時候貌似扯到了裡面的某個地方，使它們又開始脹痛。
「就算有個腦袋掉了、手腳也全斷了的黑鬼來找他，」特納說：「那個該死的巫醫也只會問『你想要一片，還是兩片？』」說完，他便鬆開輪椅原本鎖住的輪子，氣呼呼地離開了。
病房裡除了校刊《鱷報》（*The Gator*）和一份慶祝校慶五十週年的小冊子之外，沒有其他讀物。兩份刊物都是鎳克爾的學生在學校另一邊印製的，照片裡的每個男孩臉上都掛著笑容，可是就連初來乍到的埃爾伍德都能看出他們眼中有一種鎳克爾學生特有的木然。他猜想自己大概也不例外，現在他已經完全變成了這裡的一員。他緩緩轉過身，用手肘支起身體，將那本冊子翻閱了幾遍。
州政府於一八九九年開辦這所學校，當時叫做佛羅里達男子工業學校（Florida

Industrial School for Boys）。「本校是一所矯正學校，旨在將少年犯與他們罪大惡極的同夥區隔開來，使他們接受體能、心智與道德方面的訓練，藉此改過自新，回歸社會，具備好公民應有的追求和品格，成為誠實可敬的人，且擁有自食其力的技術或專業。」他們稱男孩們為學生，而非囚犯，以此區別監獄裡的那些暴力犯。這裡的暴力犯，埃爾伍德補上一句，都是職員。

學校開辦後第一批入學的學生，年紀最小的才五歲，這個事實教埃爾伍德在夜裡輾轉難眠：他們都是無助的孩子。校園最初的一千畝地是州政府撥予的，這些年來，當地居民又慷慨捐贈了另外四百畝地。鎳克爾自有辦法維持收支的平衡。無論從什麼標準來看，建設印刷廠是真正的成功之舉。「光是一九六二年，印刷事業就創造了二十五萬美金的利潤，還使學生們習得了一門畢業後可以維生的實用專業。」製磚機一天可以生產兩萬塊磚頭，它的產量撐起了整個傑克遜郡大大小小的建築。學校每一年由學生們設計和布置的耶誕燈飾，都能吸引方圓數哩的遊客前來觀賞。年年報社也都會派一名記者來校內報導。

一九四九年，也就是小冊子發行的那一年，學校以特雷弗·鎳克爾（Trevor Nickel）的名字重新命名，以紀念這位在幾年前接管學校的改革家。以前男孩們總說那裡之所以叫鎳克爾，是因為他們的命運一枚五分錢鎳幣都不值[01]，但事實並非如此。當你偶爾從走廊上的那幅特雷弗·鎳克爾的畫像前走過，看著他眉頭深鎖，你會以為他看透你的心思。不，不是那種：是他明白你知道他在想什麼。

等到下一個患皮膚癬的克利夫蘭男孩來醫院看診時，埃爾伍德讓那個孩子帶幾本書來給他，對方也照做了。一疊破舊的自然科學書籍隨意放到他面前，卻意外為他上了一堂關於遠古力量的課：板塊的碰撞、被抬升至空中的山脈，以及火山噴發。所有在底下翻騰激盪的力量，成就了上層的世界。這些全是配有生動插圖的磚頭書，充滿了紅、橘色彩，與病房灰濛濛的渾濁白色形成對比。

特納住院的第二天，埃爾伍德看見他從襪子裡拿出一片摺起來的硬紙板。特納吞下紙板包的東西，一個小時後，他哇哇大叫起來。庫克醫生走進病房時，特納猛地嘔在醫生鞋上。

「我告訴過你別吃東西。」庫克醫生說：「這裡提供的食物會讓你生病。」

「那我還能吃什麼呢，庫克醫生？」

醫生眨了眨眼。

01五美分硬幣又稱「鎳幣」（Nickel），絕大多數由百分之七十五的銅和百分之二十五的鎳組成。

特納用拖把清完嘔吐物後，埃爾伍德問他：「這樣你胃不會受傷嗎？」

「當然會囉，兄弟。」特納說：「可我今天不想工作。雖然這裡的床凹凸不平，難睡得跟地獄一樣，但只要搞懂該怎麼躺，還是能睡個好覺。」

這時，躺在簾子後面的神祕男孩嘆了一大口氣，埃爾伍德和特納不禁嚇了一跳。由於平時他幾乎不會發出任何聲響，難免他們會忘記他就在附近。

「喂！」埃爾伍德說：「那邊的傢伙！」

「噓！」特納連忙阻止道。

隨後病房裡鴉雀無聲，連挪動毯子的聲音都沒有。

「你過去看看。」埃爾伍德說——他今天覺得好多了：「看看是誰在那裡，問他生了什麼病。」

特納看著他，好像他瘋了。「我他媽才不要去問任何人問題。」

「你怕了？」埃爾伍德說，那口氣就像以前街區裡男孩們在回家路上彼此嘲弄。

「該死。」特納說：「你根本就不懂。只要走過去看一眼，說不定就會和他交換了身體，就像鬼故事那樣。」

那天晚上，威爾瑪護士念書給簾子後面的孩子聽，在病房待到很晚。吟誦《聖經》

或唱讚美詩的聲音跟其他人一樣，聽起來彷彿上帝在口中。

病床滿了又空。一大堆壞掉的桃子罐頭堆積在病房裡。因為床位不夠，病人們只好頭貼腳地睡在一起，脹氣的肚子咕嚕咕嚕地叫著。病房裡的人來來去去：有幼蟲、探險家，也有勤勉的先鋒；有受傷的、感染病毒的、裝病的和備受煎熬的；有被蜘蛛咬的、扭到腳踝的、被裝載機削掉指尖的，和從白宮回來的。得知他去過那裡後，其他男孩都不再與他刻意保持距離——他現在是同伴了。

埃爾伍德不願再看見那條新褲子坐在椅子上，便把它摺起來，塞到了床墊底下。

收音機響亮的聲音鎮日從庫克醫生的辦公室傳來，與隔壁金屬加工廠的噪音——電鋸聲和鋼鐵碰撞的響聲——不相上下。醫生認為收音機具有治療功效，威爾瑪護士則認為沒必要寵溺這些男孩。《唐麥克尼爾的早餐俱樂部》（*Don McNeill's Breakfast Club*）、傳教士的布道、連續劇，還有埃爾伍德外婆常聽的肥皂劇。那些白人的煩惱曾是如此遙遠，彷彿屬於另外一個國度。此刻，它們卻成了回去弗蘭奇敦的返家之路。

埃爾伍德已經好多年沒有聽《阿莫斯與安迪》（*Amos 'n' Andy*）了。只要開始播放《阿莫斯與安迪》，他的外婆就會立刻關掉收音機，因為劇中充滿惡搞台詞，主角多災多難的經歷也極具羞辱性。「白人就喜歡那種節目，但我們不一定要聽。」當她在《捍衛者報》中讀到節目停播的消息，頓時喜出望外。鎳克爾附近的一個電台仍會播放老節目，如鬼魅般糾纏的廣播節目。沒有人在節目播出的時候轉台，大家都被阿莫斯和王魚（Kingfish）的滑稽動作引得哈哈大笑，無論是黑人男孩還是白人男孩都不例外。「我的老鯖魚啊！」

其中有個電台不時會播《安迪．格里菲斯秀》的主題曲，特納聽了便跟著吹口哨。「你吹口哨吹得這麼開心。」埃爾伍德問：「難道不怕他們發現你裝病嗎？」「我沒在裝病——肥皂粉真要了我的命。」特納回答：「但這是我自己的選擇，與別人無關。」

這是非常愚蠢的想法，可是埃爾伍德什麼也沒說。現在這首主題曲在他的腦海中揮之不去，埃爾伍德忍不住想要哼唱或用口哨吹出它的曲調，但他不想顯得自己很愛跟風。這首歌就像是從美國其他部分分割出來的一小片寧靜，沒有高壓水槍，也不需要國民警衛隊。不過，埃爾伍德從來沒有在這檔節目取景的小鎮梅伯利（Mayberry）02看過任何一個黑人。

02《安迪．格里菲斯秀》中的虛構社區。

收音機裡的男人宣布，桑尼．利斯頓（Sonny Liston）將與叫做穆罕默德．阿里（Cassius Clay）的新生代選手比賽。「這傢伙是誰啊？」埃爾伍德問。

「一個準備被打趴的黑鬼。」特納回答。

一天下午，埃爾伍德半睡半醒之際，一個聲音嚇得他全身僵直——那串鑰匙發出一陣如風鈴般的清脆聲響，是斯賓瑟來病房看醫生。埃爾伍德等待著皮鞭落下前劃過天花板的聲音……隨後，主任離開，收音機聲音再一次響徹病房。他的汗浸溼了床單。

「他們對每一個人都這樣嗎？」午餐過後，埃爾伍德問特納。威爾瑪護士將火腿三明治和很稀的葡萄汁發給病人們，白人男孩優先。

儘管問題來得很突然，但特納知道埃爾伍德問的是什麼。他坐在小兒麻痺患者的輪椅上轉了一圈，大腿上放著午餐。「不至於像你這樣。」他說：「沒有這麼糟。我從來沒有去過那裡，只有一次因為抽菸被搧了一巴掌。」

「我有律師。」埃爾伍德說，「他也許可以做點什麼。」

「你已經很幸運了。」特納說。

「這話怎麼說？」

特納一口氣將果汁吸到底。「有時候，他們把你帶去白宮之後，我們就再也見不到你了。」

那時，病房裡除了他們和隔壁嗡嗡作響的電鋸之外，沒有其他聲音。雖然埃爾伍德其實不想知道，但他還是問了。

「如果你的家人問學校發生了什麼事，他們就會說你逃走了。」特納回答。他確認了一下沒有白人男孩在看他們。「埃爾伍德。」他說，「這件事的問題在於，你根本不懂這裡的情況。就拿科瑞和那兩隻貓來說，你想像獨行俠那樣——衝上去救一個黑鬼，可是他早就被他們折磨上癮了。你瞧，他們三個總是這麼幹。科瑞喜歡這樣，他們用粗暴的方式對待他，把他帶進廁所隔間或是類似的地方，讓他跪在地上。他們就是這麼玩的。」

「我有看到他的表情，他當時嚇壞了。」埃爾伍德說。

「你不知道是什麼在驅動他。」特納說：「你不知道是什麼在驅動每一個人。以前我總想外面是外面，一旦你來這裡，你就是這裡面的人。每個人來到鎳克爾後都會變，你也是。斯賓瑟他們也不例外——也許在外面的世界，他們都是好人，面露微笑，和藹地對待他們的孩子。」他歪著嘴，像在吸一顆蛀牙。「可是如今我出去又被帶回來，我才懂這裡並沒有改變他們。裡面和外面都一樣，只是在這裡，大家在裝模作樣。」

他話講得繞來繞去，每一句話都指向同一個觀點。埃爾伍德說：「這是違法的。」不僅違反了國家的法律，也違反埃爾伍德心中的規矩。要是所有人都對此視若無睹，那麼所有人都是共犯。要是他也對此視若無睹，那麼他就和其他人一樣有罪。他是這麼想的，這也是他一直以來的主張。

特納沒有回應。

「這樣不對。」埃爾伍德說。

「沒有人在乎對錯。如果要和黑麥可和朗尼作對，你就等於是在和所有放任這件事情發生的人作對，等於你背叛了所有人。」

「這就是我要和你說的。」埃爾伍德把他外婆和他的律師安德魯斯先生的事說給特納聽，他們一定會告發斯賓瑟和厄爾以及所有幹盡壞事的人。他的老師希爾先生是社會運動家，他會在全國各地遊行——暑假過後沒有再回林肯高中，他又開始組織抗議活動。埃爾伍德曾寫信告訴他自己被逮捕的事，但不確定他有沒有收到信。希爾先生認識會想要了解像鎳克爾這類地方的人，只要他們能聯繫上他，事情就能出現轉機。「現在已經和過去不一樣了。」埃爾伍德說，「我們可以為自己挺身而出。」

「那套狗屁理論連在外面都行不通，你還奢望它能在這裡發生什麼作用？」

「你會這麼說，是因為在外面沒有人支持你。」

「這倒是真的。」特納回答：「但不表示我就不清楚它的運作情況。也許正因為如此，我反而看得更清楚。」肥皂粉忽然讓他覺得胃痛，他的臉忍不住扭曲了一下。「在這裡求生的關鍵和在外面都一樣——你必須細察周遭人人的行動，像障礙賽那樣繞過去。如果你想離開這裡的話。」

「你的意思是畢業。」

「不，是離開這裡。」特納糾正道：「你以為光用眼睛看，然後在腦子裡想一想，你就能從離開這兒嗎？沒有人能把你弄出去，只能是你自己。」

隔天早上，庫克醫生給了特納兩片阿司匹林，再次交代醫囑——要他別進食——之後，就叫他出院了。病房裡又只剩下埃爾伍德一個人。角落裡圍著神祕男孩的隔簾被摺得十分平整，病床空了。他在夜裡的某個時刻，沒吵醒任何人的情況下消失蹤影。

埃爾伍德打算聽從特納的建議，他原本真是這麼打算，直到他看見自己的雙腿。

他消沉了一陣子。

他在醫院多待了五天，隨後回去和其他的鎳克爾男孩一起上學、工作。各方面說來，他已成了他們的一員，包括接受保持沉默這一點。當外婆來探望他時，他沒有把庫克醫生拆掉紗布後，他站在冰涼瓷磚地板所看見的一切告訴她。埃爾伍德看看自己，他知道她的心臟無法負荷這一切，加上他也對自己的無能為力感到羞恥。他也和其他消失的家庭成員一樣，到了離她很遠的地方去了，儘管此刻他就坐在她面前。懇親日那天，他對她說沒事，只是覺得難過，裡面的環境十分艱苦，但他撐得下去。儘管他心裡想說的是：**看看他們對我做了什麼，看看他們對我做了什麼。**

第八章

埃爾伍德出院以後回到園藝組。傑米，那個墨西哥男孩，又被調到白人校區，現在是另一個男孩負責指揮。埃爾伍德不止一次發現自己揮動鐮刀的動作過於粗暴，就像用皮鞭抽打土地。每當這種狀況發生，他都會停下來，叫自己的心臟放慢速度。十天後，傑米回到了黑人男孩的行列——斯賓瑟把他揪了出來——不過他並不介意。「這就是我的人生，像乒乓球一樣被打來打去。」

埃爾伍德的課業在這裡不會取得任何進展，他必須接受事實。他在校舍外拍了拍古道爾老師的胳膊，但老師沒有認出他。古道爾再一次向他保證他會準備更具挑戰性的內容，可是埃爾伍德已經看清了老師的為人，也就沒再追問。十一月下旬某天下午，他們派埃爾伍德和一組學生去打掃校舍的地下室，在幾個裝著一九五四年月曆的箱子下，他發現了一套奇普維克（Chipwick）出版的英國經典文學叢書，收錄的都是特洛勒普（Trollope）[01]、狄更斯（Dickens）[02]和其他這一類名字的作家。課堂上，當周遭男孩們還在詰屈聱牙地朗讀課文時，埃爾伍德已經一本看過一本。他原本打算在大學修英國文學的課，但是現在只能自學。除此之外，別無他法。

越俎代庖之人必將遭受懲罰，這是哈麗雅特世界觀的核心法則。埃爾伍德曾在住院期間想過，自己之所以會被痛打一頓，是因為他要求上難度更高的課程：抓住那個狂妄自大的黑鬼！但現在他得出了一套新的理論：根本沒有更高階層的制度引導鎳克爾的暴行，單純只是不分青紅皂白的惡意，一種與受害者本身無關的怨恨。他驀然想起高一科學課上曾聽過叫做「永恆痛苦機」（Perpetual Misery Machine）的臆想之物，一種不需要人類操作，就能自行運轉的機器；還有「阿基米德」這個他在百科全書裡最早學到的單字之一。暴力是唯一能夠撬動世界的槓桿。

他四處向人探聽，但是對於要怎樣才能提早畢業，始終沒有一個明確的概念。德斯蒙德，那個研究點數得失的科學家，也沒能幫上忙。「只要你按照規矩做事，你立刻就能在每個星期靠表現獲得點數。但要是你的舍監把你和其他人搞混了，或是他存

01 英國維多利亞時代的著名小說家。
02 英國維多利亞時代重要的作家和評論家之一。

心針對你——那你就沒戲唱了。至於有哪些行為會害你被扣點數，你永遠也無法知曉。」每個宿舍的扣點標準都不一樣：抽菸、打架、儀容永遠不整，處罰的輕重取決於他們把你送去哪裡，和那裡的管理員當下的心情。褻瀆神靈在克利夫蘭要被扣一百點——布萊克利是那種對上帝抱有敬畏之心的人——但在羅斯福只會被扣五十點。打手槍在林肯會被扣整整兩百點，但如果你是幫別人打手槍，你就只會被扣一百點。

「只有一百點？」

「這就是林肯宿舍的規矩。」德斯蒙德說，他的口氣像是在解釋一片有精靈和達克特（ducat）[03]的異國土地。

埃爾伍德注意到布萊克利喜歡喝烈酒，這個男人在中午之前都處於半醉半醒的狀態。這是否表示他不能指望舍監會準確地計算點數？埃爾伍德問，如果他不再插手多管閒事，每一件事情都不出差錯，他最快可以在多少時間內從最低的「幼蟲」級別升到最高的「佼佼者」？「如果每一個環節都很完美的話？」

「既然你已踏錯過一步，如今再想達到完美已經太遲了。」德斯蒙德告訴他。

問題主要在於，就算你試圖避免惹上麻煩，麻煩還是會伸出爪子抓住你。某個學

03中世紀後期至二十世紀初期曾流通於歐洲各國的一種貨幣，其價值在每個國家皆不相同。

生可能會發現你的弱點，故意挑起事端；要是有個職員不喜歡你的笑容，他就會把它從你的臉上抹掉。你也許會在無意間踏入厄運的荊棘叢，就像被送來這裡那時。埃爾伍德決定了：他會在六月靠著點數的梯子爬出這個深坑，比法官判的還要早四個月。這為他帶來慰藉——他已經習慣用學年來計算時間，這樣一來他就能在六月畢業，讓他待在鎳克爾的時間變成恰好是一年的空白。等到明年秋季的這時候，他就會回到林肯高中完成最後一年的學業，隨後在希爾先生推薦下，再度進入梅爾文·格里格斯大學。雖然他們已經把他為大學存下來的錢拿去請律師了，但是只要埃爾伍德在明年夏天額外找份工作，這筆錢他還是賺得回來。

日期已經決定，現在他需要付諸行動。剛出院頭幾天，他覺得心情很糟，直到他將特納的建議和他從民權英雄身上學到的東西結合起來，構思出這項計畫。觀察、思考，而後規劃。就算世界是一群暴民，埃爾伍德也會突破重圍。他們或許會咒罵他、朝他吐口水和毆打他，但他一定會成功到達對岸。縱使傷痕累累，縱使精疲力盡，他一定會度過難關。

他一直在等，但朗尼和黑麥可卻遲遲沒有向他尋仇。除了有一次格力弗用屁股撞了一下埃爾伍德，害他從樓梯上滾下來，除此之外，他們對他視而不見。至於科瑞，那個他挺身捍衛的男孩，曾向他眨過一次眼。所有人都在為鎳克爾的下一場災難做準備，這是他們掌控之外的事。

某個星期三的早餐過後，叫卡特的管理員要埃爾伍德去倉庫接一項新任務。特納也在那裡，身旁站著瘦瘦高高的白人青年，有著披頭族（Beatnik）的慵懶姿態，和一頭油膩蓬亂的金髮。埃爾伍德之前經常看見他躲在不同樓房的暗處抽菸。他的名字叫哈珀（Harper），根據職員檔案的資料顯示，他在社區服務部門工作。哈珀上下打量了一下埃爾伍德，然後說：「他可以。」他關上倉庫的巨大拉門，拴上門栓，接著他們爬進一輛灰色貨車的前座。不像其他的學校用車，車身上沒有印鎳克爾校名。

埃爾伍德坐在中間。「我們出發吧。」說著，特納搖下車窗，「哈珀問我有沒有想到接替斯密提（Smitty）的適合人選，我就報了你的名字。我跟他說你和這裡的那些傻瓜不一樣。」

斯密提是隔壁羅斯福宿舍一個比他們大幾歲的男孩，他成功升上最高級別的佼佼者，並在上週從學校畢業——雖然埃爾伍德覺得用「畢業」形容，簡直叫人笑掉大牙，那個男孩連字都不認得幾個，這是顯而易見的事實。

哈珀說：「他說你能守口如瓶，這是必備的一項條件。」說完，他們便離開了校園。

自出院以來，埃爾伍德和特納幾乎天天待在一起，他們會在克利夫蘭宿舍的娛樂室裡，和德斯蒙德或其他個性溫和的男孩一起下跳棋和打乒乓球。特納常常像在找什麼東西似地偶然走進一個房間，接著扯一些屁話，扯著扯著就忘了他原本來的目的。他棋下得比埃爾伍德好，笑話比德斯蒙德好笑，而且不像傑米，他的日程安排規律許多。埃爾伍德知道特納被分配到社區服務部門，但是只要埃爾伍德進一步追問，他就會開始賣關子，「就是去拿一些東西，然後再把它們送去應該被送去的地方。」

「這他、他、他媽是什麼意思？」傑米說，雖然他不太擅長罵髒話，而且他不時口吃的毛病也減弱了髒話的效果，但是和在鎳克爾可以選擇的其他惡習相比，他將罵髒話視為相對無傷大雅的一種。

「意思就是做社區服務。」埃爾伍德回答。

對埃爾伍德而言，社區服務最直接的意思，就是讓他假裝自己不曾搭便車去大學——可以暫時離開鎳克爾，雖然只有短短幾個小時。這是他來到這裡之後，到外面世界的第一趟旅程。「外面」是監獄裡的一句黑話，但是這個詞已經融入了這所矯正學校，這裡同樣適用，大概是某個男孩從自己倒楣的父親或叔叔口中，或是某個職員不小心透露自己內心對這些學生的真實想法時聽來的，這個詞就這樣流傳開來，不論鎳克爾官方偏好使用什麼措辭。

清涼空氣沁入埃爾伍德的肺部，窗外的一切令人眼花繚亂、耳目一新。「**這個，還是這個？**」他的眼科醫師在檢查時問道，要他在兩種不同度數的鏡片之間做出選擇。埃爾伍德始終想不透，人們明明能夠走遍天下，卻習慣於只窺見世界的一小部分，甚至對自己只看見事實的旁枝末節渾然不知。這個，還是這個？當然選「這個」，貨車經過的一切，所有的事物都在頃刻之間變得莊嚴，即便是傾倒的獵槍小屋、荒涼的水泥磚房，還是半淹沒在某戶雜草叢生院子裡的破車。他看到寫著「高維他命C野黑櫻桃汁」的生鏽廣告牌，活到現在他從沒覺得這麼渴過。

哈珀注意到埃爾伍德神態的轉變。「他喜歡出來校外。」哈珀說，他和特納都笑起來。他打開收音機——是貓王的歌聲。哈珀在方向盤上跟著打起了拍子。

從性情上來看，哈珀不太像鎳克爾的職員。「就白人而言還算不錯。」這是特納的評價。他算是在學校裡長大的，他母親的姊姊在行政大樓擔任祕書，一手將他撫養成人。小時候，他在鎳克爾作為白人學生的吉祥物，度過了無數個午後時光，等到年紀夠大，他就開始做一些零工。自從他能握住刷子開始，他年年為耶誕節裝飾畫靡鹿。今年他滿二十歲之後，轉成正職。「我阿姨總是說我很好相處。」有一次他們外出執行任務時他對男孩們說，當時他們正在小雜貨店裡閒逛，「我想她說的對。我是在你們這些男孩之中長大的，有白人也有黑人，我知道你們跟我沒什麼不同，只是你們的運氣差了一點。」

抵達消防隊長的家之前，他們在艾莉諾鎮有四個站點要停。第一站是「約翰餐館」（JOHN DINER）——從鏽蝕邊框便能看出，招牌上掉了一個字母和一個撇號。他們把車停在巷子裡，埃爾伍德看了一眼車上的貨物：裝著全是鎳克爾廚房庫存的紙箱和板條箱，有豌豆罐頭、易拉罐裝桃子、蘋果醬、茄汁焗豆和肉汁。這是本週從佛羅里達州送來的一批精選貨品。

哈珀點了一根菸，耳朵貼在電晶體收音機上收聽當日賽事。特納傳給埃爾伍德幾箱青豆和幾袋洋蔥，接著一起把這些東西搬進餐廳廚房後門。

「別忘了糖漿哦。」哈珀提醒道。

他們搬完以後，店長走出來——肥頭大耳的鄉巴佬，圍裙上沾滿了層層疊疊的深色汙漬——他拍了拍哈珀的背，交給他一只信封，接著問起他家人的情況。

「你也知道露希爾（Lucille）阿姨。」哈珀說：「現在應該要臥床養病，可是她一點也不安分。」

接下來的兩站也都是餐廳——一個燒烤攤和位於郡界附近一間「三菜一肉」的小餐館[04]——隨後他們又將一批蔬菜罐頭送到頂商雜貨店（Top Shop Grocery）。每次哈珀收到裝著現金的信封袋，他都會先將它對摺，在外面套一條橡皮筋，在出發前往下一個目的地以前，把它扔進手套箱裡。

特納一向不會去細究任務內容。哈珀想確認埃爾伍德是否適應他的新工作。「你看起來好像不怎麼驚訝。」白人青年說。

「畢竟東西也不可能憑空消失。」埃爾伍德回答。

「情況就是這樣。斯賓瑟會告訴我要去哪些地方，然後他會說這是哈爾迪校長的指令。」哈珀調了調旋鈕，在幾首搖滾歌曲之後，貓王又出現了。他總是無處不在。「聽我阿姨說，」哈珀繼續說道：「以前的情況更糟。但是州政府加強了這方面管制，現在我們不能碰南校區的東西了。」這也就意味著，他們現在只能賣黑人學生的配給物資。「以前負責管理鎳克爾的，是個叫做羅伯茨（Roberts）的南方佬，要是可以的話，這傢伙連你呼吸的空氣都想轉賣。他才是不折不扣的無賴！」

04美國南部常見的餐館類型，顧客可以在一個價格固定的套餐中選擇一樣葷菜和三樣配餐。

「如果你要我選，」特納說：「我會說這比掃廁所好，也比除草要好。」

出來的感覺真不錯，埃爾伍德也同意。接下來的幾個月，埃爾伍德在他們三人組四處執行任務的過程中，看見佛羅里達州艾莉諾鎮的全貌。隨著哈珀每一回把車停在員工入口旁，他漸漸對那條短小的主街後巷熟悉起來。有時他們從車上卸下的是筆記本和鉛筆，有時候是藥品和繃帶，但絕大多數都是食物。感恩節火雞和耶誕節火腿就這樣消失在負責油炸食物的廚師手裡；小學的副校長打開一盒橡皮擦，一個一個清點。埃爾伍德之前還在想，學校為什麼沒有給他們牙膏——現在他知道了。他們將貨車停在小雜貨店和費雪爾藥局（Fisher's Drugs）後面，事先已經給當地的醫生打過電話，接著這位醫生便會鬼鬼祟祟地溜到駕駛座的車窗前。每隔一段時間，他們就會把車開進一條死巷，停在一棟三層樓高的綠屋子前，一個市議員模樣的男人會拿錢給哈珀，那人總是穿著針織背心，打扮得整潔得體。哈珀不清楚這個人的來歷，但是他的態度彬彬有禮，給的都是新鈔，而且喜歡聊佛羅里達的球隊。

這個還是這個？每一次他離開校園，新的鏡片就會出現，好讓他能看清這一幕幕景象。

第一天，當貨車後面都空了，埃爾伍德以為會啟程返回鎳克爾，殊不知他們卻駛向一條乾淨而寧靜的街道，那條街讓他想起了塔拉赫西比較好的區域——白人住的區域。他們在一幢白色大房子前停下，房子漂浮在波濤起伏的綠色海洋中。屋頂的旗杆上，一面美國國旗正輕聲嘆息。待他們下了車，再朝貨車深處望了一眼，這才發現在帆布防水布下還藏著油漆用具。

「戴維斯（Davis）女士。」哈珀點了點頭，說道。

一名頂著蜂巢頭的白人女士站在前廊朝他們揮手。「這真是教人興奮。」她說。她領著他們繞到後院，過程中埃爾伍德都沒有和她對上視線，橡樹林邊緣有一座十分破舊的灰亭子。

「就是它嗎？」哈珀問。

「我祖父在四十年前蓋了它。」戴維斯女士說：「康拉德（Conrad）就是在那裡向我求婚的。」她那天穿著一件千鳥格花紋的黃色洋裝，戴著像賈桂琳·甘迺迪（Jackie Kennedy）[05]那樣的深色墨鏡。她發現有隻綠色小蟲子停在肩膀上，她輕輕彈掉蟲子，露出微笑。

這座涼亭確實需要重新粉刷。戴維斯女士將掃帚遞給哈珀，哈珀又把掃帚交給埃

05美國第三十五任總統約翰·甘迺迪（John F. Kennedy）的夫人。

爾伍德，在特納去貨車拿油漆時，埃爾伍德便率先開始清掃涼亭地板。

「你們這些男孩願意到校外來幫助我們，真的是太好了。」戴維斯女士在回屋前對他們說道。

「我大概會在三點左右回來。」哈珀告訴他們，接著他也離開了。

特納向埃爾伍德解釋，哈珀有個女朋友住在梅柏路（Maple Road）上。她的丈夫在工廠上班，總是早出晚歸。

「所以接下來我們就自己粉刷？」埃爾伍德問。

「是啊，兄弟。」

「他就這樣把我們留在這兒？」

「是啊，兄弟。戴維斯先生就是那個消防隊長，他經常把我們叫來這裡，做些簡單的小工作。頂樓那些房間全是我和斯密提一手包辦。」他指著那些採光窗，好像埃爾伍德能看見他的工作成果似的。「地方教育董事會的那些傢伙總是派我們去幹活，有時候是很無聊的工作，但是在這裡做任何工作都勝過待在學校裡。」

埃爾伍德也是這麼想。那是一個潮溼的十一月下午，他享受外面世界的蟲鳴鳥叫，不一會兒，牠們求偶的叫聲和警告聲便伴著特納吹的口哨——如果埃爾伍德沒弄錯的話，那是查克·貝瑞（Chuck Berry）[06]的歌。油漆的牌子是迪克西（Dixie）[07]，顏色是迪克西白。

埃爾伍德上一次做刷油漆的工作，是替拉蒙特太太重新粉刷她家的外牆，他外婆以十分錢的價格就把他租了出去。特納笑著向埃爾伍德說起，從前學校如何將男孩一組一組地派去給艾莉諾的大人物做工。根據哈珀的說法，有時候是以幫忙的形式，像這次刷油漆，但大多數時候都有真正的報酬。學校會把這筆錢收下來，用於他們的「撫養費」，就和他們透過出售農作物、磚塊，以及提供印刷服務得來的資金一樣。更早前的日子，又更慘了。「就算你畢業，也不能回到家人身邊，你只是獲得假釋，他們基本上會把你當作廉價勞工賣給鎮上的人。你會住在他們家裡的地下室之類，像奴隸一樣賣命工作。他們會打你、踢你，餵你吃屎一般的食物。」

「跟屎一樣，就像我們現在吃的飯菜。」

「噢不，比那更糟。」他說：「你必須靠工作來還清你的債，他們才會放你走。」

「還什麼的債？」

06非裔美籍的吉他手、歌手，搖滾音樂的先鋒。

07指美國南部地區及該地區人民，另在美國南北戰爭時期，南方聯邦的一首非官方國歌名為〈迪克西〉。此處作者藉由油漆的品牌名稱，不著痕跡地影射美國過去的奴隸制度精神其實至今仍未完全消除。

這個問題難住他了。「我從來沒有這麼想過這件事。」他拉住埃爾伍德的胳膊。「你不會想太快做完。」他說：「如果我們做的方式正確，這可以是個三天的工作。瞧，戴維斯女士端檸檬水來了。」

當放在銅色托盤上的兩杯檸檬水出現時，看上去棒呆了。

他們完成欄杆和牆內的格柵。埃爾伍德拿起一罐新的迪克西白搖了搖，撬開蓋子攪拌。他把被抓來鎳克爾的經過說給特納聽——「兄弟，這真是太不公平了。」——但特納卻從未提起他的過去。這是他在外面待了將近一年之後，第二次回到學校。或許可以問他是怎麼被抓回來的，以此作為切入點。鎳克爾的暗流吞噬了一切，也許他朋友的過往也被捲入其中。

特納坐了下來，回答埃爾伍德：「你知道什麼是球僮嗎？」

「就是在保齡球館裡工作的。」埃爾伍德說。

「我曾在坦帕的一間保齡球館當球僮，叫『假日』（Holiday）的保齡球館。大部分的場館都是用機器，但是加菲爾德（Garfield）先生堅持用傳統方式工作。他喜歡看著他的球僮蹲在球道盡頭，好像我們是短跑選手，或是準備去打獵的狗。還不錯的工作。每一次的擲球過後撿起球瓶，擺好它們，為下一個回合做準備。當時艾弗爾特一家收留了我，加菲爾德先生是他們的朋友。政府給他們錢，讓他們收養孩子，但也就是一小筆錢，金額不大。那附近有很多像我這樣的流浪小孩，在那間屋子來來去去。

「就像我剛才說的，那是份不錯的工作。每週四晚上是有色人種之夜，來自四面八方的有色人種隊伍都會前來參賽，那是一段美好的時光，不過多數時間來的都是坦帕那些愚蠢的鄉巴佬。那些白人有的很壞，有的沒那麼壞。我擺瓶子的動作迅速俐落，而且我總是笑瞇瞇的，不管手上在做什麼，我都會任由思緒飄向別處，客人們也很喜歡我，經常給我小費。漸漸地，我開始認識一些常客，不是說我真的認識他們，只是每週都會見面的那種認識。我開始和他們開玩笑——如果是我認識的客人，我就會在他們犯規時說個笑話，或是在他們洗溝或開花開得很好笑的時候做個鬼臉。那變成了我的日常，跟常客們嬉笑打趣，而且我也喜歡小費。

「當時有個在廚房裡工作的老傢伙，他的名字叫路。他是那種你一看就知道曾有過一段坎坷經歷的人，他不怎麼跟我們這些球僮搭話，只顧著翻漢堡肉。他的態度不太友善，我們也沒怎麼說過話。那天晚上，我趁著休息時間到護欄後面抽菸，他也在那裡，身上穿著那件滿是油汙的圍裙。那是個悶熱的夜晚，他上下打量我，接著對我說：『我看到你在外面的表演了，黑鬼。你幹嘛總是對著白人賠笑臉？難道沒有人教過你什麼是尊嚴嗎？』

「旁邊還有兩個球僮也聽到了他說的話，他們就像這樣，罵了聲『該死的』。我的臉頓時滾燙起來，當下真恨不得揍那個老傢伙一拳——他根本就不了解我，他對我一無所知。我盯著他，可他動也不動地站在那裡，泰然自若地抽著他捲好的菸，他知道我不會動手，因為他說的是事實。

「下一次輪到我值班的時候，我也不知道為什麼，我就換了個做法。我不再跟他們嬉皮笑臉，我的態度變得很差。當他們洗溝或踩線時，我也沒有給他們好臉色看。我從他們的眼神中看出，他們已經發覺遊戲規則有了改變。也許我們之前一直假裝站在同一陣線，假裝我們都是平等的，但現在不再是了。

「一直到晚上，我整場比賽都在嘲笑那個該死的啄木鳥（peckerwood）[08]。那個一臉蠢樣的傻大個兒。後來輪到他上場，準備要解四號瓶和六號瓶的開花時，我模仿起兔巴哥的語調，說：『這不是那隻臭蟲嗎？』然後他就爆炸了——他衝到球道上追

08 這裡的「peckerwood」是啄木鳥「woodpecker」這個單詞的前後倒置，在美國南方用來辱罵農村裡的貧窮白人，帶有嚴重的歧視意味。

著我跑，我跳到另一個球道，闖進所有人的比賽，閃躲腳下的球，最後他的朋友拉住了他。他們經常來這家保齡球館，不想給加菲爾德先生添麻煩。他們了解我，或者應該說在我還沒翻臉之前，他們以為他們了解我。於是他們攔住他們的朋友，讓他冷靜下來，隨後便離開了。」

特納笑著演完這整齣故事，直到最後一幕。他盯著露台地板，像要看清某個細小的東西。「這就是事情的全部經過，真的。」他抓了抓他耳朵後面的那道疤，說道：「隔了一個星期，我在停車場看到了那傢伙的車，我朝車窗扔了一塊空心磚，接著警察就把我抓起來了。」

哈珀遲了一個小時，但他們沒有任何埋怨。一邊是鎳克爾的休息時間，另一邊在外面的工作時間——用膝蓋想也知道該選哪邊。「我們接下來會需要用到梯子。」一看到哈珀回來，埃爾伍德就對他說。

「沒問題。」哈珀說。

在他們把車開走時，戴維斯女士站在門廊朝他們揮手。

「哈珀，你女朋友還好嗎？」特納問。

哈珀把襯衫塞進褲子裡，回答：「每次你準備要享受一段美好的時光，她們就偏要重新提起你們上次見面之後，她們就一直耿耿於懷的某件事。」

「是啊，我懂。」特納附和道。他伸手去拿哈珀遞給他的菸，然後點了一根。

埃爾伍德將外面世界發生的一切全都牢牢地記在心裡，等著日後在腦中反覆回味。那些東西看起來是什麼模樣，聞起來又是什麼味道，還有等等諸如此類的其他細節。兩天後哈珀告訴他，他從今以後都會待在社區服務部門。畢竟，白人總是能察覺他刻苦勤勉的本性。這個消息讓他頓時心花怒放。每一次他們回到鎳克爾之後，他都會將當天發生的事情鉅細靡遺地記錄在他的作文本上：日期、人們的名字和店鋪的名稱。有些名字要想一會兒才能記起，但埃爾伍德一向是個極有耐心的人，而且毫無疏漏。

第九章

男孩們都支持格力弗，儘管他是個可恨的惡霸，他會刺探並揪出男孩們的弱點，要是他找不到，他就會隨便編一個，比方說叫你「走路內八的狗屎」，即便你一輩子走路從來沒內八過。他會絆倒他們，嘲笑他們出糗的樣子，一逮到機會就動手打人。他會恐嚇他們，把他們拖進黑漆漆的房間裡。他的身上有股馬的氣味，還經常取笑他們的母親，鑒於這裡的學生大多都缺乏母愛，這項行為可以說是非常差勁。他經常搶走他們的甜點——直接從托盤上拿走，臉上掛著大大的笑容——就算搶走男孩們的甜點也不至於對他們造成多大的打擊，但重要的是這件事所代表的意涵。男孩們之所以支持格力弗，是因為他將代表鎳克爾有色人種校區的全體師生，參加一年一度的拳擊賽，因此無論他在這一年的其他日子裡幹了什麼，只要比賽當天，他那身黑皮膚身軀就是他們所有人的化身，他將打倒那個白人男孩。

不過，要是在那之前格力弗能被打掉幾顆牙，那就完美了。

黑人學生已經蟬聯了十五年的鎳克爾冠軍頭銜。職員當中的老鳥依舊對最後一位獲勝的白人冠軍念念不忘，至今仍不時說起他的事，至於過去的其他事情，他們就不那麼常提起了。泰瑞·「博士」·伯恩斯（Terry "Doc" Burns）來自薩旺斯郡（Suwannee County）的一處窮鄉僻壤，是個有著鐵砂掌的典型南方人。因為掐死鄰居的雞而被送來鎳克爾——準確來說是二十一隻——因為「牠們打算攻擊他」。疼痛之於他，就像石板瓦屋頂滾落的雨水。自從博士·伯恩斯回去外面的世界，晉級到決賽的白人男孩都是一些軟腳蝦，他們的軟弱使得這位前任冠軍的奇聞軼事年年變得更加離奇：上天賦予了博士·伯恩斯一雙長得出奇的手臂，而且從不感到疲倦，傳說中的那招連擊打倒了每一位挑戰者，震得現場窗戶嘎嘎作響。事實上，博士·伯恩斯在他的一生中，曾多次遭受毆打和虐待——包含他的家人和陌生人——因此當他來到鎳克爾時，所有懲罰對他來說都成了微風輕拂。

今年是格力弗加入拳擊隊的第一年。他在二月進入鎳克爾，那時上一屆的冠軍阿克瑟爾·帕克斯（Axel Parks）剛畢業。阿克瑟爾本來應該在拳擊賽季前畢業的，但是羅斯福的管理人硬是將他留在學校，讓他捍衛自己的頭銜——一項在食堂偷竊蘋果的指控讓他掉回「幼蟲」級別，同時保障了他的參賽資格。格力弗一出現就躍升為校內最壞的男孩，這讓他自然而然地成了阿克瑟爾的接班人。在拳擊場外，他以恫嚇那些沒有朋友又總是哭哭啼啼的弱者為樂；在拳擊場內，他的獵物會主動站到他面前，倒是替他省去了尋找獵物的時間。就像烤吐司機和洗衣機，拳擊是一項讓生活更加便捷的現代設備。

黑人隊的教練是個名叫馬克斯．大衛（Max David）的密西西比州人，在學校的汽車維修廠工作。每到年末他就會收到一個信封，犒賞他向男孩傳授自己在次中量級拳擊生涯中所學到的經驗。馬克斯．大衛早在初夏時節就開始向格力弗宣揚他的信念。「我的第一場比賽讓我的精神徹底崩潰。」他說：「我的告別賽又讓我的精神恢復了正常。所以相信我，這項運動會用擊垮你的方式讓你更上一層樓，這是真的。」格力弗露出了笑容。整個秋天，這個大塊頭以勢不可擋的殘忍拳法接連擊潰對手，讓他們從此一蹶不振。他既不優雅，也不是科學家，他是一個具有強大威力的暴力機器，這就夠了。

從鎳克爾正常的學制來看——先暫且不論學校職員的蓄意阻撓——多數學生都只能參與一或兩年的拳擊賽季。隨著冠軍賽逐漸逼近，幼蟲們必須被教導十二月比賽的重要性——首先是宿舍內部的預賽，隨後每個宿舍的代表選手，要接著對上另外兩個宿舍，最後就是脫穎而出的黑人拳手與白人推選出來的弱雞兩者決賽。這個冠軍賽是他們在鎳克爾對公平正義的唯一認識。

拳擊賽就像某種安撫人心的咒語，幫助他們度過每一天遭受的屈辱。特雷弗．鎳克爾帶著改革的使命，當上佛羅里達男子工業學校的校長，並在上任後不久，於一九四六年創辦了這個冠軍賽。在這之前，鎳克爾從來沒有營運學校的經驗。農業背景出生的他，在三K黨[01]會議發表的即興演講中，提到了道德建設、工作價值和需要關愛的年輕人的心理狀態，令在場的眾人留下深刻印象。學校開出職缺時，相關人士還難以忘懷他那股熱忱。上任後的第一個耶誕節他便提供了一個機會，讓傑克逐郡見證他所做出的改善。該重新粉刷的地方都重新粉刷了，昏黑牢房旋即被改建成無害的場所，鞭打的場地轉移到那間小小的白色公共設施建築。要是那群善良的艾莉諾居民看見那架工業風扇，或許會提出一、兩個問題，但是小屋並沒有被列入參觀的行程。

01 美國歷史上規模最大，奉行白人至上主義、極端民族主義、基督教恐怖主義等極右翼意識形態的民間組織。成員通常身披白袍，且頭戴兜帽。

鎳克爾長年致力推廣拳擊，他曾領導一個利益團體遊說奧運會新增拳擊項目。鑒於大多數男孩都有打架的經歷，拳擊在校內一直很受歡迎，但這位新校長卻將推廣這項運動視為己任。原本體育預算是歷任校長最容易挪用的項目，鎳克爾卻重新調整了這筆預算，將它用於購買符合規定的設備，和加強師資陣容。總體而言，他相當重視維持體態，堅信只要人類擁有完美的身材，就能締造奇蹟，因此他經常去看男孩們洗澡，以便監督他們體格鍛煉的進度。

「你說校長？」聽到特納說的最後這段話，埃爾伍德驚訝地問道。

「不然你以為坎貝兒（Campbell）醫生是從哪兒學來這招的？」特納回答。雖然鎳克爾已經離開了，但是據說坎貝兒醫生——學校的心理醫生——會在白人男孩的淋浴間徘徊，挑選心儀的對象。「那幾個骯髒的老男人乾脆一起開個同好會得了。」

這天下午，埃爾伍德和特納在體育館裡閒晃。格力弗正在和謝利（Cherry）練拳，身為黑白混血兒的謝利將拳擊視為教學方式，教會其他人不要說他白人母親的閒話。他的動作敏捷、身段輕盈，但還是被格力弗打得落花流水。

十二月初，觀看格力弗練習成了克利夫蘭學生最大的消遣。不僅黑人校區另外兩個宿舍的男孩們會來串門子，就連山腳下的白人偵察兵也會上來打探消息。自勞動節之後，格力弗就因為訓練的關係，不必去廚房值班。這幾乎成了某種表演。馬克斯為他規劃了一種食用生雞蛋和燕麥的神祕飲食法，還在冰箱裡冰了一壺他聲稱是山羊血的東西。每當教練將餐食放到他面前，格力弗都會帶著戲劇性十足的表情嚥下，然後朝沙袋狠狠地揮一拳作為宣洩。

兩年前，特納第一次進入鎳克爾的時候，曾經看過阿克瑟爾比賽。阿克瑟爾的腳步雖慢，卻像一座古老的石橋般穩固持久——他足以經受上天的考驗。與格力弗的性格完全相反，他對年紀小的孩子很好，也很保護他們。「不知道他現在去了哪裡。」特納說：「那個黑鬼一點常識都沒有。無論他現在人在哪裡，他大概都惹了一身的麻煩。」這是鎳克爾的一項傳統。

謝利踉蹌了幾步，一屁股跌到地上。格力弗吐出護牙，高聲吼叫起來。黑麥可進到拳擊場中，將格力弗的手高高舉起，彷彿他手中舉起的是自由女神的火炬。

「你覺得他能擊敗他嗎？」埃爾伍德問。格力弗最有可能對上的白人選手是一個名叫巨人切特（Big Chet）的男孩，他來自沼澤地帶的一個氏族，看上去跟怪物有點像。

「兄弟，你看看那對手臂。」特納說，「簡直是汽車的活塞，或是煙熏火腿。」

看著比賽後的格力弗帶著尚未耗盡的精力顫抖著，兩個寶貝像侍從一樣替他拿掉手套，實在很難想像這個大塊頭會輸掉比賽。這也就是為什麼，兩天後，當特納聽到斯賓瑟叫格力弗打假賽時，他會震驚到倏地坐起來。

當時特納正在倉房的閣樓裡打盹，他在一堆工業去汙粉的板條箱之間搭了個窩。因為他跟哈珀一起工作，就算獨自走進這間寬敞的倉庫，也不會有職員來找他麻煩，意味著特納擁有一個可以暫時逃離現實的地方。沒有職員、也沒有學生——只有他和一顆枕頭、一條軍用毛毯，和哈珀的電晶體收音機。他每個星期都會窩在這裡好幾個小時。就像回到了他在外面四處流浪的時候，他不想了解任何人，也沒有人想了解他。他曾有過幾段這樣的時期，像一份舊報紙居無定所地在街上翻滾。這間閣樓讓他想起過往。

倉房大門關上的聲音吵醒他。接著傳來了格力弗蠢驢般的聲音：「找我有什麼事嗎，斯賓瑟先生？」

「你的訓練進行得怎麼樣，格力弗？老馬克斯說你很有天分。」

特納眉頭一皺。無論何時，只要有白人關心你的事，就是想把你幹掉。但是格力弗腦子不太好使，根本沒有搞清楚狀況。在課堂上，他甚至連二加三等於幾都得想半天，好像他不知道自己有幾根該死的手指頭。當時有幾個蠢貨當面嘲笑了他，在接下來的那個星期，格力弗便一個一個將他們的腦袋按到馬桶裡。

特納的預想是正確的：格力弗根本不明白他們這次私下見面的原因。斯賓瑟向他闡述了拳擊賽的重要性和這場十二月比賽的傳統。隨後他便暗示：真正的運動家精神，有時候意味著要讓另外一隊獲勝。他試著用委婉的方式說明：就像一段樹枝，有時必須懂得低頭，才不至於被折斷；他還訴諸宿命論：有時候不管你有多麼努力，你都無法成功。可是格力弗實在是太過愚蠢。**是的，先生……我想你是對的，斯賓瑟先生……我想事情就像你說的那樣，先生。**最後斯賓瑟直截了當地告訴格力弗，他媽的要是他沒有在第三輪假裝被擊倒，他們就會帶他到後面去。

「沒問題，斯賓瑟先生。」格力弗說。特納在閣樓上看不到格力弗的臉，不知道他是不是真的聽懂了。那個男孩不僅拳頭像岩石，就連腦袋也像石頭。

斯賓瑟最後對他說：「你知道自己是有能力打倒他的，這樣就夠了。」他清了清喉嚨，接著說道：「現在，跟我一塊走吧。」聽那口氣，好似在趕一隻迷途的羔羊。這會兒，特納又是一個人了。

「你說，這是不是很狗屎？」他說。從艾莉諾送完貨回來，他和埃爾伍德就懶洋洋地坐在克利夫蘭宿舍前的台階上。日光很稀薄，冬日像一口老鍋上的鍋蓋那樣慢慢蓋下來。埃爾伍德是特納唯一能夠傾訴的對象，其餘那幫混蛋肯定會說溜嘴，然後引發一連串的衝突與爭執。

特納之前從來沒見過像埃爾伍德這樣的孩子。儘管這個從塔拉赫西來的男孩看上去很溫和，總是一副好好先生的模樣，有時還會進行惱人的說教，但他最終還是會用「堅韌不拔」這個詞來形容他。他戴著讓你想要像蝴蝶一樣踩在腳底的眼鏡，說起話像個白人大學生，還會在不必看書的時候看書，從中提煉出鈾來，為他自己的原子彈提供能量。即便如此，他依然是「堅韌不拔」的。

埃爾伍德十分震驚於特納說的事。「各種意義上來說，內定好的拳擊賽都是腐敗的。」他帶著一種權威口吻說道：「報紙經常報導這一類的醜聞。」他敘述從前在馬可尼菸草店生意冷清的時段，坐在板凳上讀到的內容。「操控一場比賽的唯一原因，就是因為你本人也下了注。」

「要是我有錢的話，我也會下注。」特納說：「我們在假日保齡球館有時也會在比賽進行到延長賽的時候賭錢，我還贏過錢呢。」

「大家一定會很失望。」埃爾伍德說。格力弗的勝利無疑會是一場狂歡盛宴，男孩們互相分享的期待片段也同樣令人陶醉：白人選手被揍到尿失禁，或噴血噴得哈爾迪校長滿臉都是；又或者，他潔白的牙齒「像是被碎冰錐鑿下那般」從嘴裡飛出來。這些幻想刺激且振奮人心。

「那當然。」特納說：「但是你聽好了，斯賓瑟說了會把他帶到後面去。」

「去白宮？」

「我帶你去看。」特納說。晚餐前他們還有一些時間。

他們走了十分鐘到洗衣房，這個時間洗衣房都是關著的。特納問埃爾伍德他腋下夾著的那本書在講什麼，埃爾伍德說故事講的是一個英國家庭試圖把他們最大的女兒嫁出去，以保住他們的家產和頭銜。故事的情節相當曲折複雜。

「沒有人想娶她嗎？難道她長得很醜？」

「書上寫著她擁有一張漂亮的臉蛋。」

「見鬼了。」

經過洗衣房，他們走到殘破的馬廄。馬廄屋頂早已塌陷，大自然悄然入侵，枯瘦的灌木與病懨懨的草在隔間中滋長。如果你不相信世上有鬼，那裡倒是一個可以幹壞事的地方，但沒有學生敢一口咬定，因此都對那裡敬而遠之，以保安全。馬廄旁邊有兩棵橡樹，樹幹上嵌著鐵環。

「這裡就是**後面**。」特納說：「聽說他們有時會把一個黑人男孩帶來這裡，把他銬在這些鐵環上，讓他張開雙臂，接著他們會拿起馬鞭，把他抽得皮開肉綻。」

埃爾伍德握緊了雙拳，但他隨即意識到自己的反應，趕緊鬆開拳頭。「都沒有白人男孩嗎？」

「夥計，白宮施行的還是種族融合制度，但這個地方是分開的。他們會把你帶到後面，事後也不會送你去醫院。他們會聲稱你逃走了，事情便就此結束。」

「那他們的家人呢？」

「你在這裡認識的男孩，有多少是有家人的？或者應該說，有多少家人是在乎他們的？不是每個人都跟你一樣，埃爾伍德。」特納嫉妒埃爾伍德有外婆探視他，給他帶零食點心，有時候不小心他會將這份嫉妒的心情表露出來——就像現在。埃爾伍德彷彿戴著馬眼罩，在這裡四處走動。法律是一回事——如果能說服足夠多的白人，你就可以上街遊行，揮舞標語牌，改變一條法律。過去在坦帕，特納曾看見一群大學生穿著他們體面的襯衫，繫著領帶，在沃爾沃斯超市靜坐抗議。後來，他們也真的成功了——午餐櫃台開放了。雖然不管怎麼樣，特納都沒錢去那裡吃飯。你可以改變法律，但你改變不了人們，和他們對待彼此的方式。鎳克爾是個種族歧視問題很嚴重的地方——在這裡工作的半數職員到了週末大概都會穿得跟三K黨成員一樣——可是在特納看來，人心的險惡不僅僅局限於種族歧視這一層面，比方說斯賓瑟就是這樣。斯賓瑟、格力弗，還有所有放任自己的孩子流落至此的家長。這就是人。

這就是特納為什麼要帶埃爾伍德來看這兩棵樹，他想讓他看看那些書裡沒有的東西。

埃爾伍德抓住其中一個鐵環，拉了拉。鐵環非常堅固，已成了樹幹的一部分。人的骨頭勢必會在鐵環鬆動以前斷裂。

兩天後，哈珀確認了賭注一事屬實。他們在泰瑞燒烤店（Terry's BBQ）卸下了幾頭肉豬。「都交給他們了。」特納在哈珀關上貨車車門時說道。他們的手上仍散發著殺豬時殘留下來的氣味，特納問起有關拳擊賽的事。

「等到看見最後留下來的人是誰，我再下注。」哈珀說。當年學校還是鎳克爾校長管理的時代，賭注都很小——出於維護運動純粹性之類的原因。現在有財有勢的傢伙多了，三郡之內喜歡賭博的人全來了。不過，也不是任何人都能參加，必須有學校職員為你擔保才行。「無論如何，你都必須把錢押在黑人男孩身上，不然就太蠢了。」

「所有的拳擊賽都是內定好的。」埃爾伍德說。

「就跟鄉村牧師一樣腐敗。」特納補充道。

「他們不會這麼做。」哈珀說，他在說的是童年時候的事，他是看著這些比賽長大的，坐在貴賓席邊看邊吃爆米花，「這是一件美好的事。」

特納嗤笑了一聲，接著吹起口哨。

大賽分成兩晚進行。第一晚，白人校區和黑人校區必須分別選出要派誰參加主賽。過去兩個月，體育館內架設了三個拳擊台以供訓練；現在，只剩下一個留在場館中央。外面寒風凜冽，觀眾們一一走進這座潮溼的洞穴。白人占據著離拳擊台最近的折疊椅，接著是學校職員的區域，再來才是學生，他們不是擠在看台上，就是蹲坐在地板上，乾燥而灰白的手肘緊挨著彼此。學校的種族隔離制度在體育館內得到了重現，白人男孩坐在南側，黑人男孩則坐在北側，雙方在邊界處推擠爭吵。

典禮主持人由哈爾迪校長擔任。他鮮少離開在行政大樓的辦公室，特納自從萬聖節以來就沒見過他，當時他扮成吸血鬼德古拉，用汗津津的手給低年級的學生們發玉米糖。他個頭矮小，穿著一身緊繃的西裝，光禿的頭頂飄浮在一團白髮雲霧之中。哈爾迪帶了他的妻子一同前來，健壯而美麗的女人。每回到訪學校，她的一舉一動都會引起學生們的激烈討論，雖然他們只能偷偷地看她——太光明正大地看可是會挨鞭子的。她曾經被選為南路易斯安納小姐，至少傳言是這樣。此刻，她手上正拿著紙扇子給脖子搧風。

哈爾迪夫婦和董事會成員一同坐在搖滾區。特納認得出他們當中大部分的人——不是幫他們耙過院子，就是送過火腿。他們粉嫩的脖頸從亞麻衣領露出來，那裡便是你該攻擊的部位，那是他們最為脆弱的一吋肌膚。

哈珀和其他職員坐在貴賓席後方。他在同事們面前收斂起懶散態度，表現出與平時截然不同的儀態。特納曾在無數個下午看見，每當監管人或管理員出現，那個男人就會將面部表情和姿勢調整到最恰當的狀態。啪的一聲卸下偽裝，抑或是換上偽裝。

哈爾迪說了幾句評語。身為董事會主席的查爾斯・格雷森（Charles Grayson）先生這週五就要滿六十歲了——身為銀行經理，他多年來一直資助鎳克爾——哈爾迪讓學生們齊唱生日快樂歌。格雷森先生站起身來點了點頭，兩手後揹，一副獨裁者的姿態。

白人宿舍的學生們率先歡呼起來。巨人切特擠進圍繩，跳到拳擊場中央。他的啦啦隊熱烈地傳達他們的心意，他的聲勢浩大，彷彿統領著龐大的軍團。白人男孩受到的待遇不像黑人男孩那麼糟糕，但他們之所以會被送來鎳克爾，也不是因為這世界有多麼關心他們。巨人切特是「白人偉大的希望」。有傳言證實，他在半夜夢遊的時候打穿浴室的牆壁，本人卻渾然不知，直到早上有人看見他吮吸自己血淋淋的關節。「那個黑鬼看起來就像科學怪人。」特納說：「方方的腦袋，長長的手臂，步伐輕快。」

第一場的三個回合，兩位選手的表現都平淡無奇。裁判平時在白天是印刷廠領班，他判巨人切特勝出，沒有人提出異議。自從某次他搧了一個孩子耳光，手上兄弟會戒指害對方瞎了一眼之後，他就改過自新，成了性格溫和的人。事後他跪在救世主的面前懺悔，從此以後他再也沒有在生氣的時候動手打人，除了對他的妻子。白人選手以一記迅猛的出拳拉開了第二場序幕，巨人切特使出凌厲的上勾拳，令對手霎時回想起童年的陰影。他在第一回合剩餘的時間和接下來兩個回合都像兔子一樣竄來竄去。裁判做出判決之後，巨人切特的舌頭在嘴裡翻了翻，把斷成兩半的護齒吐出來，那雙粗壯的手臂高舉空中。

「我覺得他能打贏格力弗。」埃爾伍德說。

「也許吧，但他們也得試了才知道。」要是你擁有讓別人對你唯命是從的能力，卻從不使用它，那擁有它又有什麼意義呢？

格力弗跟羅斯福、林肯宿舍冠軍的比賽一下子就結束了。佩蒂伯恩（Pettibone）比格力弗矮了一個頭，兩人面對面站在一起，你一眼就能看出雙方的實力差距，可他終究還是一路爬上了羅斯福宿舍的冠軍寶座，這是不爭的事實。鈴聲一響，格力弗立刻衝上前，咻咻咻用一連串的重擊羞辱他的對手，看得觀眾不忍直視。「看來他晚上是要吃排骨大餐！」特納身後的男孩叫道。當佩蒂伯恩踮著腳尖飄飄然地踉蹌了幾步，一頭栽在髒兮兮的墊子上時，哈爾迪夫人不禁失聲尖叫。

第二場比賽的賽況就沒那麼一面倒了。整整三個回合，格力弗都像在處理廉價肉塊那樣，將林肯宿舍的男孩打得軟趴趴的，但是威爾遜（Wilson）為了向他父親證明自己的價值，始終沒有倒下。威爾遜有兩場比賽要打，一場是所有人都能看見的，另外一場只有他自己看得見。他的父親在幾年前就去世了，無法改變他對自己長子的評價，可那天晚上是威爾遜多年來第一次沒有做噩夢。裁判帶著擔憂的微笑，判格力弗獲勝。

特納環視四周，觀察著那群傻瓜——男孩和賭徒同樣頭腦簡單。若想在幕後操控遊戲，你就得給那些上當的傢伙一點甜頭。過去在坦帕，艾弗爾特家幾條街之外，有個街頭騙子在菸草店外玩「找紅心皇后」（Find the Lady）[02]的把戲，他整天搜刮受騙者的錢，在紙箱上將那些撲克牌移來移去。陽光下他手上的戒指閃閃發光，教人目不轉睛。特納喜歡站在一旁觀看，細細品味這場表演。他會試圖找出紅心皇后的位置，同時觀察騙子的眼睛，再看看受騙者的眼睛。接著他們把牌攤開：當他們發現不如自以為的那般聰明，臉瞬間垮了下來。騙子曾想趕特納走，但是過了幾週，他也覺得無聊了，就任由男孩在自己身邊打轉。「你必須讓他們以為已經看清了一切。」某天他對特納說：「他們會用自己的眼睛去看，為此分心，反而看不清大局。」後來警察把他抓進監獄，他的紙箱在街角的巷子躺了好幾個星期。

想著明天的比賽，特納的思緒又再次回到那處街角。他正在觀看一場找紅心皇后的遊戲，可他既不是騙子也不是受騙者，他置身於遊戲之外，卻知悉所有遊戲規則。明天傍晚，白人就會掏出他們的錢，黑人男孩則會獻出他們的希望，接著騙子會亮出一張黑桃 A，將一切收進囊中。特納想起阿克瑟爾兩年前那場比賽所帶來的悸動，以及當他們意識到自己能夠做出某些改變的那份狂喜。他們就像在外面的世界度過了

02 經典的撲克牌賭博遊戲，牌桌上一般以兩張黑牌和一張紅牌（通常為紅心皇后）組成，待玩家確認好紅牌位置後，莊家便會蓋住牌面，並移動三張牌的位置以混淆玩家。移動完畢後，玩家選擇紅牌位置並下注，若開牌之後玩家作答正確，此局則為玩家獲勝，反之則為莊家獲勝。

幾個小時的歡樂時光，然後又回到了鎳克爾。

他們是上當受騙的傻瓜，所有人都是。

格力弗決賽那天早上，黑人學生們在失眠的精神不濟中醒來，在食堂裡嘰嘰喳喳地議論著格力弗即將到手的勝利將會是何等宏大、輝煌。**那個白人男孩馬上就會跟我奶奶一樣牙齒掉光光。那個巫醫可以給他整罐阿司匹靈，也治不好他的頭痛。三K黨這一整個星期都會在他們的斗篷帽下偷哭。**黑人男孩激動地幻想著，他們在課堂上走神，在地瓜田裡發呆。他們陶醉在一位黑人冠軍即將誕生的美好願景：他們當中的一員將取得勝利，扭轉局面；一直以來壓制著你的那群人將粉身碎骨，眼冒金星。

格力弗像黑人公爵昂首闊步，身後跟著一群小雞。低年級的孩子們朝著他們各自想像出來的隱形敵人揮拳，還編了一首歌讚揚他們新英雄的英勇善戰。格力弗已經一個星期沒有在拳擊場以外的地方打傷或欺負別人，彷彿他對著《聖經》發過誓一樣，就連黑麥可和朗尼也為了表示支持而按行自抑。從各方面來看，格力弗似乎對斯賓瑟的命令無動於衷，至少埃爾伍德這麼覺得。「他好像忘了那件事。」早餐過後，他們走去倉房的路上，他輕聲對特納說道。

「要是我能得到這般愛戴，我也會好好享受一番。」特納說。等到明天，這一切就會像從未發生過。他憶起阿克瑟爾在大賽結束之後的那天下午，黯然失色地攪動著手推車裡的水泥，再度回到原本不受尊重的處境。「雖然現在那些討厭你、懼怕你的傻瓜把你當作哈利．貝拉方提（Harry Belafonte）[03]，但下一次得等到什麼時候？」

「也許他真的忘了。」埃爾伍德說。

那天傍晚，他們列隊走進體育館。幾個在廚房工作的男孩在一只大水壺裡爆爆米花，接著將爆米花鏟進紙筒。寶貝們咔哧咔哧地吃著，吃完以後又跑到隊伍後面再要第二份。特納、埃爾伍德和傑米蹺縮在看台中央，那是個不錯的位置。「嘿，傑米，你不是應該坐到那邊去嗎？」特納問。

傑米露出燦爛的笑容，回答：「依我看，最後不管是哪邊獲勝，我都是贏家。」

特納雙手抱胸，掃視著樓下的那些面孔。斯賓瑟也在那裡，他正在和校長、校長夫人以及前排的那些大人物握手寒暄，接著和職員們坐在一起，一臉得意洋洋、十拿九穩的神態。他從風衣口袋中拿出銀色酒壺，喝了一口。銀行經理分發著雪茄，哈爾迪夫人拿過一根。眾人望著她吐菸，一縷縷輕柔的灰影在頭頂的燈光中裊裊升起，宛如活生生的鬼魂。

03牙買加裔美國歌手、演員及民權運動家。

體育館另一側，白人男孩開始在木地板上跺起腳來，一陣巨響迴盪在四周牆壁內。黑人男孩見狀便接續下去，跺腳聲錯落有致地在體育館內翻滾起來，待轉過一圈，男孩們才停下，為他們的喧鬧感到振奮。

「送他進棺材吧！」

裁判隨即敲響鐘聲。兩位選手有著相同身高和體型，就像一個模子刻出來的。儘管黑人冠軍的戰績不容小覷，但這將是一場勢均力敵的比賽。在最初的幾個回合，雙方都沒有跳開或閃躲，他們一次又一次的相互廝殺，出拳攻擊，忍受疼痛。隨著每一回進攻與逆轉，觀眾席上都會傳來叫喊與奚落。黑麥可和朗尼趴在圍繩上，朝巨人切特粗鄙地謾罵，直到裁判把他們的手踢開。就算格力弗心裡真有不小心打倒巨人切特的顧慮，他也完全沒有表現出來。這位黑巨人毫不留情地暴打白人男孩，同時承受對手的反擊，他向對方的臉使出刺拳，彷彿捶打牢房牆壁。縱使鮮血與汗水模糊視線，他依然能憑著一種奇異的直覺來感知巨人切特的位置，擋住男孩的攻擊。

第二回合結束，雖然巨人切特防禦得極為出色，但不得不將這一局判給格力弗。

「裝得還挺好的嘛。」特納評論道。

埃爾伍德鄙夷地皺著眉頭，看完了整場演出，讓特納不由得露出微笑。這場拳擊賽就跟擦盤子比賽一樣，充滿欺詐與腐敗——他曾和特納說過這件事——這也是那台壓制黑人機器的一個齒輪。儘管特納很高興，他的朋友近來有些憤世嫉俗的傾向，但他仍不免被這場大賽的魔力所擺布。看著格力弗——既是他們的敵人，也是他們的英雄——打傷那個白人男孩，能讓同樣身為黑人的其他男孩感到痛快。這不是理性可以控制的。現在來到第三回合，也是最後一個回合，他不想輕易放過這種感覺。這份感覺真實不虛——存在於他們的血液和思想當中——儘管一切不過是騙局。特納確信格力弗會獲勝，就算他知道他不會這麼做。特納終究是個頭腦簡單的傢伙，是另一個受騙者，但他並不介意。

巨人切特向格力弗逼近，展開一連串迅猛的刺拳，將他逼至角落。格力弗被困住了，特納心想：**就是現在。**可是黑人男孩緊抱著他的對手不放，穩穩地站在那裡。接連而來的重擊讓白人男孩踉蹌了幾步。眼看這一回合的時間所剩無幾，可是格力弗沒有鬆懈。巨人切特瞄準對方的鼻子使勁揮了一拳，格力弗卻無動於衷。每一次特納看見能夠故意輸掉比賽的完美時機——巨人切特的猛烈攻勢足以掩飾最糟糕的演技——格力弗都選擇將機會拒之門外。

特納用手肘碰了碰埃爾伍德，埃爾伍德的臉上充滿驚恐。他們看出來了：格力弗不會被打倒，他打算全力以赴。無論之後會有什麼樣的後果。

當最後鐘聲響起，拳擊場上的兩個鎳克爾男孩扭打成一團，滿身血跡，汗水淋漓，雙方架住彼此，像人搭起的圓錐形帳篷。裁判將兩人分開之後，他們這才搖搖晃晃地回到各自的角落，精疲力盡。

特納說了聲：「天哪。」

「也許他們取消了原本的計畫。」埃爾伍德說。

當然，裁判也有可能參與其中，他們決定改用這種方式來操控結果，然而斯賓瑟的反應推翻了這個理論。他是第二排唯一還坐在座位上的人，臉上露出惡毒而憤怒的扭曲表情。其中一個大人物氣得滿臉通紅，轉過身去抓住他的胳膊。

格力弗猛地起身，蹣跚地走到拳擊場中央，大叫起來。可是觀眾的喧騰蓋過了他的聲音。黑麥可和朗尼拉住他們的朋友，他貌似失去了理智，執意要穿過拳擊場。

裁判示意大家安靜下來，接著宣判結果：前兩個回合是格力弗獲勝，最後一回合由巨人切特拿下。黑人男孩勝出。

格力弗沒有繞場歡呼，而是扭動著掙脫了朋友們的手，急忙穿過拳擊場，走向斯賓瑟坐的地方。現在特納聽清楚他說的話了：「我以為那是第二回合！我以為那是第二回合！」當黑人男孩們帶他回羅斯福宿舍慶祝時，他還在不停地叫喊。他們之前從沒見過格力弗掉淚，還當他是因為獲勝，喜極而泣。

頭部受到的撞擊，可能會讓你的大腦嗡嗡作響；而受到那樣劇烈的撞擊，可能會導致你思緒紊亂、記憶模糊。可是，特納從來沒有想過那會讓人忘記二加一等於幾，不過格力弗本來就不擅長算術，他猜想或許是這樣。

那晚在拳擊場上，他黑色的身軀代表著他們所有人，而當白人帶他到後面那兩個鐵環時，他同樣也代表了他們所有人。當天晚上他們抓走格力弗之後，他就再也沒有回來過。後來大家都流傳因為他太驕傲了，不願意在拳擊賽上作假。因為他不甘屈服。如果說相信格力弗逃走了，相信他擺脫了這個地方逃到外面的世界，要是這樣能讓男孩們好受一些，也沒有人會戳穿他們一廂情願的幻想——儘管有些男孩覺得奇怪，學校怎麼沒有發出警報，也沒有派出獵狗。五十年後，當佛羅里達州政府挖出他的遺骸，法醫人員注意到他的手腕有多處骨折，並推測他生前曾遭到捆綁，加上其他斷裂的骨頭，證明他還遭受過其他的暴行。

如今，知曉樹上鐵環故事的人幾乎都已離世。可是那對鐵環仍在那裡，生了鏽，嵌進了樹幹的中心，向任何願意傾聽之人作證。

第十章

某些缺德的傢伙弄壞了馴鹿們的頭。他們原先就預料到過完節男孩們聚集收拾這些精緻耶誕節裝飾，肯定會產生磨損。然而，歪斜的鹿角，從關節處扭曲的鹿腿——此刻擺在他們面前的，卻是惡意的破壞。

「你們看。」貝克（Baker）小姐說。她咂了咂嘴。貝克小姐在鎳克爾學院算是比較年輕的教師，她總是懷著一股壓抑的怒氣。在鎳克爾，她的憤怒來自於有色人種校區美術教室的簡陋條件、不穩定的物資供應情況，以及只能解讀成是對她所作各項改善的體制性打壓。年輕教師都沒辦法在這裡撐太久。「這裡的工作太辛苦了。」

特納從馴鹿顱骨中取出一團報紙，將它鋪平。報紙頭條為尼克森（Nixon）和甘迺迪（Kennedy）的第一次辯論做出結論：**慘敗。**「這傢伙完了。」他說。

埃爾伍德舉手問道：「貝克小姐，你想要我們重新做一個新的，還是換掉鹿頭就好？」

「我想身體我們還可以補救。」貝克小姐回答，她露出不耐的表情，盤起來她那頭紅髮，「做鹿頭就好。把軀幹的毛皮修補一下，等明年我們再重做新的。」

每年佛羅里達狹地的遊客，以及來自喬治亞州和阿拉巴馬州的家庭，都會成群結隊地開車來參與這一年一度的耶誕市集。這是校方引以為豪的募款活動，它證實改革並非只是崇高遠大的理想，而是切實可行的方案。類似機器運轉，關乎齒輪與齒輪間的聯動。綿延五哩的彩燈懸掛在雪松上，勾勒出南校區的屋頂輪廓。三十呎高的耶誕老人設置在車道盡頭，需要出動吊車才能完成組裝。環繞足球場的迷你蒸汽火車的說明書，彷彿某個嚴肅莊重宗派的卷軸，數十年來代代傳承。

去年的耶誕節裝飾吸引了超過十萬名遊客前來校園參觀。哈爾迪校長堅稱，鎳克爾學院的優秀男孩沒道理不能突破這個數字。

白人學生負責搭建與組裝大型裝置——巨型雪橇、耶穌降生的場景模型、火車軌道——黑人學生則負責粉刷、修補、擴增、修正之前那些男孩不夠細心的錯誤，以及翻新舊有的裝飾物。每棟宿舍走廊兩側都立著三呎高的拐杖糖，每一根都需要補一點紅色和白色的油漆。有著海報大小的巨大耶誕節賀卡上，分別畫著北極的歡樂景象、像《糖果屋》（*Hansel and Gretel*）和《三隻小豬》（*Three Little Pigs*）之類受到孩子們喜愛的童話故事，還有聖經上的故事場景。一張張賀卡傾斜擺在校園道路旁的展示架上，彷彿裝點的是一座豪華劇院的大廳。

學生們喜歡這個時節，不論是因為想起從前在家度過的慘澹耶誕節，或這是他們生來第一次真正慶祝這個節日。人人都會收到禮物——傑克遜郡在這方面出手非常大方——白人和黑人都一樣，不只是毛衣和貼身衣物，還有棒球手套和盒裝小錫兵。至少那一天，他們會像是在宜人街區和舒適房子裡長大的男孩，在那裡，夜晚靜謐且遠離噩夢。

連特納也露出微笑。修補薑餅人賀卡的時候，他想起了這位民間英雄挑釁的叫囂：「你抓不到我！你抓不到我！」態度倒是不錯，但他不記得故事的結局了。

他修補的賀卡通過了貝克小姐的審核，接著便去混凝紙漿站，跟傑米、埃爾伍德和德斯蒙德會合。

德斯蒙德悄聲說道：「傑米提議厄爾。」

東西是德斯蒙德找到的，但計謀卻是傑米想出來的。這一點也不像一個剛升上先鋒的學生會提出的計畫——畢竟他馬上就能出去了。傑米和埃爾伍德一樣，在塔拉赫西出生長大，彼此卻說不出有什麼共通之處。他們居住在不同的街區，不同的城鎮。據說他的父親是全職詐欺師，以及吸塵器公司的兼職區域經銷業務員，他經常在狹地的各個城鎮旅行，挨家挨戶地敲門推銷。沒有人知道他怎麼遇見傑米的母親，但是傑米是他倆相識的證據之一，而他們從一間短期公寓拖到另一間短期公寓的吸塵器則是另外一項。

傑米的母親艾莉（Ellie）在全聖區（All Saints）南門羅街（South Monroe Street）的可口可樂裝瓶工廠做清掃工作。傑米和他的朋友常常在附近的機廠消磨時間，玩骰子賭博，或是傳閱已經被翻爛的《花花公子》（*Playboy*）。他是個好孩子，雖然常曠學；要是那天他沒去車站，永遠也不會踏進鎳克爾。一個時常在機廠徘徊的老酒鬼把手伸進了他朋友的褲子裡，他們一群人便把對方打得不省人事。傑米是唯一一個沒能跑過警察的人。

在鎳克爾，這名墨西哥男孩總是盡可能迴避其他男孩的糾紛，他們為了那些心理上的地盤和無止境的侵犯進行過無數次爭吵。儘管傑米經常被調到不同的寢室，但他始終保持低調，遵照著鎳克爾手冊上的規矩行事——這可是個奇蹟，即使學校職員老是把手冊掛在嘴邊，卻從來沒有人親眼見過它。就像正義一樣，它只存在於理論當中。

在監管人的飲料裡下藥，並非他的作風。

但如果對象是厄爾，又是另外一回事了。

德斯蒙德在地瓜田裡工作，毫無怨言。他喜歡即將邁入採收季地瓜的味道，那股暖暖的泥炭香氣。就像他父親工作回來，檢查他被子有沒有蓋好時所散發的汗水氣味。

上週，德斯蒙德的小組被派往整理一間棚屋，他們用來停放拖拉機的那間灰色大棚屋。棚屋裡一半的燈泡都燒壞了，小動物們在各處安了家。蜘蛛網占據某個角落，德斯蒙德用掃帚刺向那一叢叢白花，同時小心提防什麼東西突然冒出來。他發現那裡堆了幾個零散罐頭，將它們找了個適當位置擺好，其中有個陳舊的綠色罐頭，褪色褪得很厲害，看不清上面寫了什麼。他搖一搖：裡面還是滿的。他問一個高年級男孩該怎麼處理，那個孩子告訴他，它不該被放在這裡。「那是給馬吃的藥，好讓牠們在吃了不該吃的東西時，把它們全吐出來。」老馬廄在附近，也許他們把馬廄關起來之後，這些垃圾就全堆在這裡。在鎳克爾，任何東西通常都會以它該有的方式被處理掉，可是有時候一個懶惰或調皮的人會打亂這項秩序。

德斯蒙德將藥罐頭藏在風衣裡，帶回克利夫蘭。其中有人——事情結束後，就沒有人記得是誰了——建議把它倒進某個職員飲料裡。不然德斯蒙德為什麼要把它帶回來呢？不過，讓這項計畫實現的人是傑米，他冷靜地駁回了所有異議。「你想把它給誰？」傑米裝腔作勢地輪番問過朋友們。傑米每次問問題的時候都會口吃，可是討論藥罐頭時，口吃的毛病卻消失不見了。

德斯蒙德回答派翠克（Patrick），那個曾因他尿床而動手打他的監管人，還要他大半夜把弄髒的床墊拖到洗衣房去。「那個該死的啄木鳥，真想看他把內臟全吐出來。」

放學後，他們待在克利夫蘭的娛樂室，沒有其他人，只有偶爾從操場傳來的歡呼聲。**你會把它給誰？**埃爾伍德提議德金（Duggin）。大家都不知道他跟德金有過節。德金是個虎背熊腰的白人，經常一副睡眼惺忪、兩眼無神地在校園閒逛。他總像水窪或坑洞一樣，驟然出現在你面前，你會發現他那雙肉乎乎的大手比你想得更加敏捷，能迅速掐住你的肩胛骨，或攥住你纖細的脖子。埃爾伍德告訴他們，他曾因為自己跟一個白人學生說話——他們在醫院相識——而朝他的肚子揍了一拳。校方並不鼓勵兩邊校區的學生做朋友。男孩們點點頭——「可以理解」——但他們都知道他其實想給斯賓瑟，為了他那雙腿。可是沒有人敢在這場白日夢中提起斯賓瑟的名字，大家肯定不願意浪費氣力在這項計畫上。

「我會把它給溫賴特（Wainwright）。」特納說。他將第一次待在鎳克爾時，溫賴特逮到他偷抽菸的事情說給他們聽。他狠狠地敲了他的腦門，把他的臉頰打到腫起來。溫賴特的膚色很白，但是所有黑人男孩都能從他的頭髮和鼻子看出他有黑人血統。他之所以對黑人男孩動手，是因為他們清楚他佯裝不知情的身世。「埃爾，那時候我比你還菜。」從那之後，他抽菸就再也沒有人逮到過。

現在輪到傑米。他只是輕描淡寫地說了聲：「厄爾。」但並未對此多作說明。

為什麼？

「他自己心知肚明。」

日子一天天過去，他們總會在玩跳棋和乒乓球的時候，繼續謀劃這場惡作劇。當他們看見另一個學生被虐待，或是猛然想起自己的遭遇時——一聲訓斥，或是一記耳光——不同的名字便會浮現。可是有一個名字仍時常被提起：厄爾。有一天，埃爾伍德把德金從他輪換的目標名單中剔除，換上了厄爾。他們把他抓去白宮的那天晚上，厄爾並沒有對埃爾伍德出手，不過只要斯賓瑟離開，他就是斯賓瑟的接班人。這就足夠接近了。

在埃爾伍德問起「『假日午宴』是什麼？」的時候，他也許早已知曉答案。宿舍入口大廳的大型月曆上標記著「假日午宴」的日期。德斯蒙德回答說這不是為他們，而是為學校職員準備的。校方會在北校區的食堂籌辦一場豐盛饗宴，藉此犒賞他們在這一年付出的辛勞。

「他們還會去冷凍庫裡搜刮上等的牛肉。」特納說。每年這個時候，男孩們都會主動爭取擔任服務生的機會，好賺取大量的積點。

德斯蒙德說：「這是個絕佳的時機。」他說得很模糊，大家卻都了然於心。

傑米一如既往地提議：「厄爾。」

厄爾有時在南校區工作，有時在北校區。傑米和這位監管人之間的恩怨，他們大部分都聽說過，但是他們兩個都會到白人校區去，因此沒有人知道在那裡他們還發生過什麼事。有可能是在情人巷，他頂了嘴，或是被某個白人男孩陷害。厄爾是學校停車場酒會的常客。當停車場的燈光亮起，並傳來他們的喧鬧聲，你就得祈禱自己不會挨打，也不會被選中去情人巷約會，不然你的下場一定會很慘。

一個綠色舊罐頭裡的奇怪藥物。男孩們揣摩著不同的字詞和語調，想找出一句實現正義的咒語。正義，又或者說是復仇。沒有人願意承認他們一直以來在策劃的，是一項能夠實現的計畫。隨著耶誕節的臨近，他們持續不斷地討論，相互交換想法，每個人都在考慮計畫的可行性和做法。當這樁計謀從抽象概念發展成某種更為具體的東西，充滿了「什麼時候」、「何種方式」和「如果萬一」等各種假設時，德斯蒙德、特納和傑米都下意識地將埃爾伍德排除在外，因為這樁計謀違背了他的道德理念。你很難想像受人愛戴的馬丁·路德·金恩，會在奧瓦爾·福布斯（Orval Faubus）[01]州長的飲食中摻入幾盎司鹼液。而埃爾伍德在白宮遭受的那頓毒打，不僅在他的雙腿留下疤痕，更已使他遍體鱗傷。傷口早已滲透了他的人格。每當斯賓瑟出現時，他那副縮著肩膀的樣子就是退縮與畏懼的表現。每次在討論復仇的時候，他都只能撐一小段時間，隨後現實就會緊緊地掐住他。

後來，這個話題便戛然而止，男孩們都不再提起此事。「他們會殺了我們。」當傑米又開始問「你會把它給誰？」的時候，德斯蒙德制止道。

「所以我們必須謹慎行事。」傑米說。

「我要去打籃球了。」說著，德斯蒙德便往外走。

01 前阿肯色州州長，反對種族融合制度。

特納嘆了一口氣，他不得不承認，這個遊戲已經不好玩了。有一段時間，他們幻想著一個曾經折磨他們的人在假日午宴上把佳餚全部嘔出來，吐得那些啄木鳥滿身都是。他會拉在褲子上，臉因為疼痛漲得跟草莓一樣紅，同時不斷地乾嘔，直到吐出來的不再是食物，而是他自己的黑血。多麼令人愉悅的場景，一種另類的解藥。可是他們不會真的這麼做，這個事實毀掉了一切。特納也站了起來，傑米則搖搖頭，跟他們一起去打籃球了。

週五，也就是舉辦假日午宴的日子，社區服務部門的成員們到校外去執行任務。哈珀、特納和埃爾伍德一結束雜貨店的工作，哈珀就告訴他們他有事情要去處理。「我去去就回。」他對他們說：「你們可以在這裡等我。」

貨車開走了。特納和埃爾伍德穿過一條髒亂不堪的小巷來到大街。哈珀之前也放他們獨自在外面過，那時他們正在幫一位董事會成員修房子。可是他不曾放他們獨自待在主街上。就算參與暗巷交易已有兩個月的時間，埃爾伍德依舊對眼下的情況感到難以置信。「我們可以到處看看嗎？」他問特納。

「可以啊，但我們得小心不要引起騷動。」特納裝出好像這種事已經發生過很多次的樣子，回答道。

在主街上看見鎳克爾的學生不算稀奇。學生們穿著政府發放的丹寧套裝，拖著腳步從校車上下來，來鎮上做社區服務——真正的社區服務，不是特納和埃爾伍德執行的這種特殊任務——例如在國慶日放完煙火或校慶遊行結束之後，到公園裡撿垃圾。學校的合唱團每一季都會去浸信會教堂展示他們的天籟之音，同時哈爾迪校長的祕書們會將捐款的信封發給在場的聽眾。男孩有可能在監管人的陪同下到鎮上辦事，不過，兩個沒有人監視的黑人男孩倒是挺少見的。當時正值午餐時間，艾莉諾鎮的白人居民試圖釐清他們的情況。這兩個男孩看上去既不可疑，也不害怕。負責看管他們的監管人大概是在五金行——邦唐（Bontemps）先生很討厭黑鬼，通常會要他們在外頭等。於是白人們繼續走他們的路。反正這也不關他們的事。

雜貨店的櫥窗裡擺滿了耶誕節玩具——發條機器人、氣槍，還有彩繪火車。男孩們知道要掩飾自己對這些小孩子玩意兒的興趣，儘管這些東西對他們依然極具吸引力。他們快步走過銀行，那裡看起來就像董事會成員會出沒的地方，或至少是有權力簽署像是矯正學校命令正式公文的白人。

「像這樣待在外面的感覺真怪。」埃爾伍德說。

「沒事的。」特納回答。

「沒有人在看。」埃爾伍德說。

人行道上空無一人，那時正是午間車流的空檔。特納環顧四周，露出微笑。他知道埃爾伍德在想什麼。「大部分的人都說要往沼澤跑。」特納開口道，「好洗掉自己身上的氣味，這樣那群狗就找不到他們了。先躲在那裡，等到安全之後再到什麼地方去搭便車，往西或者往北走。可是，他們就是這樣抓住你的，因為所有人都往那裡逃。再說，你根本洗不掉自己身上的氣味，那不過是電影情節。」

「那你會怎麼做？」

特納曾在腦中翻來覆去地想過許多次，但他從來沒有跟任何人說過。「你應該要逃到外面這裡，而不是沼澤。從晾衣繩上隨手抓件衣服，再往南跑，不要往北，因為他們想不到你會這麼做。你還記得我們送貨時經過的那些空屋嗎？比方說托利弗（Tolliver）先生的房子，他基本上都待在首都做生意。你可以進去搜刮必需品，盡可能和那群狗拉開距離，藉此消耗牠們的體力。關鍵就在於，要用他們預想之外的方式行動。」接著他想起了最重要的一點，「千萬別帶上任何人，尤其是那群蠢貨。他們一定會扯你的後腿。」

這時，他們緩步來到藥局門口。櫥窗後面，一名金髮女子正伏在嬰兒車上，餵她的寶寶吃冰淇淋。小男孩髒兮兮的，身上沾滿了巧克力，開心地哇哇叫著。

「你有錢嗎？」特納問。

「比你多就是了。」埃爾伍德回答。

其實他們身上一分錢都沒有。他們大笑起來，因為他們知道藥店老闆根本不歡迎黑人顧客，但有時笑聲能從高聳而寬闊的種族隔離街壘上擊落幾塊磚。他們笑還有另外原因，因為冰淇淋是他們在這世上最厭惡的東西。

埃爾伍德的反感可以理解，鑒於冰淇淋工廠在他身上留下的印記。而特納之所以討厭那玩意是因為他阿姨的男朋友，他在特納十一歲時搬來跟他們住。梅薇絲（Mavis）是他母親的妹妹，也是他唯一的親人。佛羅里達政府不清楚她的情況，因此他們表格上本該填入她姓名的那些地方都還空著。他的父親克拉倫斯（Clarence）有點「流浪人」的個性，但是不必特意提醒他，因為他也有相同的毛病。特納記得他有一雙黝黑的大手和嘶啞的笑聲，每當他聽見秋日落葉在風中簌簌作響，他都會想起他那種咯咯的笑。就像鎳克爾男孩即便在數十年後，只要聽見皮鞭清脆的響聲，他們也會憶起自己在白宮的遭遇。

特納最後一次見到他父親，是他三歲的時候，從那之後，那個男人就像風一樣消失無蹤。他的母親桃樂絲（Dorothy）待在他身邊的日子還長一些，直到她被自己的嘔吐物噎死。她就喜歡那種劣質酒的味道——口感越澀越好。她去世那晚喝的東西，讓她面部扭曲發青，全身冰冷地死在客廳的沙發上。他知道她現在人在哪裡——聖塞巴斯蒂安墓園（St. Sebastian Cemetery）六呎深的地底——這是他比那位正直朋友埃爾伍德多知道的一件事。埃爾伍德的父母突然就去了西部，連張明信片都沒寄過。什麼樣的母親會在深夜拋下自己的孩子？就是那種根本不管孩子死活的母親。他把這件事記下來，要是有一天他和埃爾伍德真的吵起來，他就拿這一點來當他的殺手鐧。特納知道他的母親是愛他的，只不過她更愛酒精。

特納的阿姨梅薇絲收留了他，確保他有整潔的衣服去上學和每日的三餐。每個月的最後一個星期六，她會穿上美麗的紅裙子，在脖子上抹香水，和她的閨蜜們出去玩，不過除此之外，她的生活就只有醫院——她在那裡當護士——和特納。從來沒有人說過她漂亮，她有一雙小小的黑眼睛，還有突兀的下巴。因此當伊希梅爾（Ishmael）開始追求她，她很快就淪陷了。他稱讚她漂亮，還說了很多她從來沒聽過的話。伊希梅爾是休士頓洲際機場的維修員，每次他帶花來看她，花香幾乎能蓋掉他那早已沁入肌膚、怎麼洗也洗不掉的機油味。

伊希梅爾是個暗藏威脅的男子，像電池那樣積蓄暴力。從那時起，特納就學會如何辨認這種人。梅薇絲一想到他就心花怒放，她哼唱著她最愛的音樂電影曲調，把自己關在走廊的浴室裡，用電熱梳整理頭髮，浴室裡同時傳來收音機斷斷續續的雜音，音調時準時不準。特納從沒想過，為什麼那一次她會連著戴了兩個星期的墨鏡，為什麼有時候她會一整個早上都待在房間裡，直到過了中午才一瘸一拐地走出來，不時輕聲呻吟。

那天，特納擋在梅薇絲和伊希梅爾的拳頭中間，後來伊希梅爾帶他去外面吃冰淇淋——市場街（Market Street）上的那間 A．J．史密斯冰淇淋店（A. J. Smith's）。「給這位小夥子來一份你們最大的聖代。」每一口吃起來都像打在嘴裡的拳頭。他就這樣痛苦地將每一勺冰淇淋送入口中，從那之後，他便發覺大人總是試圖用賄賂的方式，讓孩子遺忘他們的惡行惡狀。他帶著這份苦澀的認知離開阿姨的家，也是他最後一次的出走。

鎳克爾每個月都會給學生們吃一次香草冰淇淋，總能讓他們高興得尖叫起來，像豬圈裡一窩愚蠢的小豬仔，看得特納恨不得揍扁他們每一個人。那個月的第三個星期三，特納和埃爾伍德把北校區配給到的大部分冰淇淋，從艾莉諾的那間藥局的後門搬了進去。特納覺得自己是在幫助同伴，好讓他們少受點罪。

那名金髮女子推著嬰兒車往大門方向走來，埃爾伍德替她開了門，可她什麼也沒說。

哈珀停下車子，揮手示意他們到車窗前。「你們兩個該不會在打什麼鬼主意吧？」

「是呀，先生。」特納回答。他悄聲對埃爾伍德說：「對了，你可別偷走我的計畫，埃爾，這計畫可是價值連城呢。」接著他們上了車。

當他們駛過行政大樓，準備回黑人校區時，只見一群學生神情焦慮地聚在草地上。哈珀放慢車速，叫住其中一個白人男孩。「發生了什麼事？」

「厄爾先生被送去醫院了，好像是生了什麼病。」

哈珀一聽便將貨車停在倉房旁，隨後匆匆向醫院跑去。埃爾伍德和特納也急忙趕回克利夫蘭，埃爾伍德像松鼠一樣四處張望，特納試圖保持鎮定，讓他的動作看上去像太空機器人。需要有人告訴他們事情的經過。儘管校園內實行種族隔離制度，黑人男孩和白人男孩還是會交換消息，以策安全。有時候，鎳克爾就跟在家裡一樣，你討厭的哥哥姊姊依舊會在父母心情不好，或整日酗酒時提醒你，好讓你做好準備。

他們找到站在黑人食堂外的德斯蒙德。特納往食堂裡一看：職員的餐桌仍處於慘劇發生後的狀態。他們只收拾了一半——翻倒的椅子說明剛才的騷動，地上的血跡顯示出他們將厄爾拖出去的路線。

「我不認為這事和那罐藥有關。」德斯蒙德說，他低沉的聲音中夾帶著惡意的語調。

特納一拳打在他的肩上。「你會害死我們的！」

「不是我！不是我！」德斯蒙德說。他看向特納身後的白宮。

埃爾伍德倏地捂住嘴，他看到血跡中有半個工作鞋的腳印。他赫然醒悟，轉身往山下奔去，他得去看看他們會不會來抓他們。「傑米在哪？」

「那個黑鬼。」德斯蒙德說。

他們在餐廳的台階上制定對策。特納建議待在這裡，從其他學生口中收集關於厄爾的消息。可是他沒有說之所以想待在這裡，是因為從那個地方可以直接跑到學校東側邊界的公路。要是斯賓瑟帶一群人來捉他們，他就可以立刻逃走。**我是薑餅人，你抓不到我！**

一個小時後，傑米出現了，他看上去衣著凌亂，神情顯得有些恍惚，像是剛玩過一輪旋轉飛椅。他將他們從其他男孩那裡得知的故事補全了：

假日午宴照常開始。那塊一年只拿出來用一次的特殊桌布鋪在職員餐桌上，精緻餐具也被擦得亮晶晶。所有監管人都已就坐，他們喝著啤酒，大談粗俗的故事，並對身穿緊身衣的祕書和女老師做出下流的想像。開飯後沒過幾分鐘，厄爾就猛地站起來，手抱著肚子。起初大家以為他只是噎著了，沒想到他的嘔吐物旋即一股腦地噴出來，他們一看到血，就連忙把他送到山腳下的醫院。

傑米告訴他們，他混在一群男孩之中，一直站在病房外等著，直到救護車把他載走。

「你瘋了吧。」埃爾伍德說。

「不是我做的。」傑米面無表情地辯駁，「我當時在踢足球，大家都看見了。」

「放在我置物櫃裡的那罐藥不翼而飛了。」德斯蒙德說。

「我說過了，不是我拿的。」傑米否認，「說不定是什麼人偷了你的東西，然後做出了這種事。」他拍了一下德斯蒙德的肩膀。「是你說的，說那是給馬吃的藥！」

「他是這麼告訴我的啊。」德斯蒙德回答：「而且你也看到了——罐子上確實畫了一匹馬。」

「有可能是山羊。」特納說。

「也許是給馬吃的毒藥。」埃爾伍德說。

「或是給山羊吃的毒藥。」特納補充道。

「笨蛋，牠們又不是老鼠。」德斯蒙德說：「你可以一槍射死牠們，何必下毒。」

「他沒死算他走運。」傑米說。後來，無論埃爾伍德和德斯蒙德怎麼逼問他，他都沒有改口。

他們很難不注意到傑米不時上揚的嘴角。對於傑米當著他們的面撒謊，特納並不覺得生氣。他反而欣賞那些明顯在撒謊卻繼續扯謊的騙子，任何人都拿他們沒有辦法。這再一次證實了，一個人在面對其他人的時候，他其實是無能為力。傑米不打算承認，特納只好觀察其他男孩的反應和山腳下的動靜。

厄爾沒有死，但他也沒有回來工作，這是醫生的指令。他們將會在幾天後得知這個消息。接著再過幾個星期，他們會發現接替厄爾的，是個叫做亨尼平（Hennepin）的高個兒，他的性格更加惡劣，不少男孩將被他突發奇想的殘忍點子所害。不過，他們成功挺過了第一天晚上，沒有被吊起來。後來，當他們聽說庫克醫生將厄爾的病情歸咎於他天生的體質時——他似乎有家族病史——特納也停止了他的逃跑計畫。

熄燈前，他和埃爾伍德待在宿舍前的大橡樹旁。校園裡靜悄悄。特納想抽根菸，但是他的菸盒落在倉房的閣樓裡。他只好吹起口哨，吹的是哈珀在他們外出執行任務時經常放的那首貓王的歌。

夜裡的蟲鳴開始漸漸響起。「話說厄爾。」特納開口：「那可真夠他受的。」

「不過，要是我當時能在現場就好了。」埃爾伍德說。

「哈。」

「真希望這事是發生在斯賓瑟身上。」埃爾伍德說：「那肯定很精采。」他把手伸向大腿後側，他每次回想起來就會揉那個地方。

就在這時，他們聽見了一聲歡呼。山腳下，監管人將耶誕節燈飾打開了，男孩們望著過去幾個星期努力的成果。綠色、紅色和白色的燈泡沿著樹木和南校區的建築，描繪出一條耶誕節慶的歡樂大道。遠方的黑暗中，入口處的大型耶誕老人從身體內部發出惡魔般的火光。

「你瞧這些燈。」特納說。

在白宮後方，閃爍的燈光勾勒出舊水塔的輪廓——一個白人男孩在固定這些燈飾的時候，從梯子上掉了下來，摔斷了鎖骨。燈光漂浮在 X 型的木頭支架上，環繞著巨大的水塔，描出了三角尖端的邊，彷彿準備升空的太空飛船。這讓特納聯想到某樣東西，後來他想起來了，是他在電視廣告中看見的，那個叫做「歡樂城」的遊樂園。碰碰車、雲霄飛車和原子火箭，搭配著那首愚蠢的歡快歌曲。其他男孩時不時會說起這個地方，他們說，等到他們出去之後就要去那裡玩。特納覺得他們很傻，因為黑人根本去不了那種好地方。可是，此刻它就在他眼前，指著星斗，圍繞在上百個閃爍的光點之中，準備起飛——那是一艘真正的火箭。在黑暗中發射，飛向他們看不見的另一個黑暗的星球。

「看著還挺漂亮的。」特納說。

「我們做得真棒。」埃爾伍德說。

PART THREE

第三部

第十一章

「埃爾伍德？」

他在客廳咕噥了一聲回應。從客廳窗戶望出去，可以窺見底下百老匯的一隅：薩米修鞋鋪（Sammy's Shoe Repair）、歇業的旅行社，以及沿著大道一路向上延伸的分隔帶。他的視野呈梯形，將這座城市變成了獨屬於他的雪花水晶球。這裡是抽菸的好地方，還找到了一種靠在窗沿上的方式，不會加劇他的腰痛。

「我要出去買包冰塊，我實在受不了了。」說完，德妮絲（Denise）便鎖上大門。他上週給了她一串這裡的鑰匙。

他不怕熱。這座城市知道該如何調製出悶熱難耐的夏天，這是真的，但是和南方的夏天比起來，這根本算不了什麼。自從來到這裡，只要他聽見紐約人在地鐵上或是酒館裡抱怨夏天太熱，他都會忍不住偷笑。此外，他到達這座城市的第一天，還遇到了清潔隊罷工，但當時是二月，味道沒那麼重。現在每當他走出樓下的前廳，臭氣就會像茂密的灌木叢迎面襲來——他真恨不得拿把開山刀，闢出一條路。而且目前還只是罷工的第二天。

一九六八年的那場野貓罷工[01]，使他對這座城市留下了無比糟糕的印象，教他不得不把這種遭遇視為欺侮。人行道堆滿鋼製垃圾桶——垃圾滿溢，好幾天無人清理——後來的垃圾都裝在拉繩清潔袋或紙箱裡，簇擁在垃圾桶四周。熟悉一座城市之前，他通常會避免搭乘大眾運輸工具，更何況他以前從未搭過地鐵。他從港務局一路步行至市郊，走直線是不可能的，他只能在一堆堆垃圾中穿梭。當他抵達位於九十九街（Ninety-Ninth Street）史達特勒旅館（Statler Hotel）租的雅房時，住戶們已經在門口那兩座龐大的垃圾堆中踢出了一條路，其間還有幾隻老鼠來回奔竄。你若打算闖入二樓的房間行竊，你只要爬上那座垃圾山即可。

旅館經理把四樓靠後的房間給了他，房間裡有暖爐，浴室則在走廊盡頭。他在巴爾的摩（Baltimore）一起共事的夥計跟他說了這間廉價旅館，還把這裡描述得很恐怖。其實沒有他說得那麼不堪，他以前住過更糟的地方。幾天後，他在 A & P 超市買了

01未經公會同意的罷工。

清潔劑，獨自清理了廁所和廚房。其他人都不願意做——這裡就是這樣的地方。他在很多地方，刷洗過很多次髒亂的廁所。

他跪在臭氣熏天的廁所裡。歡迎來到紐約。

德妮絲走在百老匯大道（Broadway Avenue）上，從他俯視的視線中穿過。從街道的視角來看，分隔帶在大部分的日子裡看上去都很乾淨；但是從三樓望出去，你就能越過長椅和樹木，看見擁塞在地鐵通風口和路面石板上的垃圾——紙袋、啤酒瓶和報紙。現在垃圾到處都是，堆積如山。藉由最近的罷工，所有人終於看見了他一直以來所看見的：這座城市亂得一塌糊塗。

他將菸掐滅在茶壺裡，走向沙發，沒有觸發「鑼響」。他腰椎受過傷之後，有時他認為自己好多了不小心一下子動得太快，接著「鏘」的一聲——脊椎一陣劇痛。當他往馬桶上一坐，**鏘**；當他彎腰穿褲子的時候，**鏘**。隨後他會像狗一樣哀嚎，蜷縮地躺在地上幾分鐘，感受浴室瓷磚貼在皮膚上的冰涼觸感。這是他自己的錯，你永遠也不知道那些抽屜和箱子裡裝了什麼。有一次他們幫一個老烏克蘭人搬家的時候——這名警察拿到退休金，準備搬去費城（Philadelphia）找他的姪女——他彎下身子想要抬起一張床頭櫃，他的脊椎旋即發出啪的一聲，拉里說他在走廊都能聽見。那個警察把他的啞鈴放在床頭櫃裡，足足三百鎊重，以防萬一半夜突然有想要舉重的衝動。上週讓他的腰受傷的，是一張大型木製書桌，看起來十分無害，但是他為了賺錢多上了幾天班，才會因為太過勞累而鬆懈了警惕。「你得小心那些該死的丹麥現代家具。」拉里告訴他。等德妮絲回來，他會在她去廚房準備蘭姆酒可樂的時候，讓她幫忙換新的熱水袋。

這附近晚上都很吵，整個街區充斥著騷莎音樂，而今晚的音樂又顯得格外大聲，因為熱，再加上明天是國慶日，所以家家戶戶的窗戶都敞開。所有人都放假了。要不是他腰痛得那麼厲害，他們就會去康尼島（Coney Island）看煙火，但是今天晚上，他們決定待在家裡看第四台的《逃獄驚魂》（*The Defiant Ones*）。由薛尼．鮑迪（Sidney Poitier）[02]和湯尼．寇蒂斯（Tony Curtis）[03]飾演兩名被鐵鏈綁在一起的囚犯，逃亡途中，他們一路穿越沼澤，躲避獵狗與一群手持獵槍的傻頭傻腦的警官。一部虛偽的好萊塢爛片，可是每次電視播映，他都會停下來看，通常是《深夜秀》（The Late Late Show）的重播，而且德妮絲喜歡薛尼．鮑迪。

02 非裔美國演員、導演、作家，史上第一位非裔奧斯卡影帝。
03 美國五〇年代的老牌白人演員。

他的房間裡擺滿了他在工作時撿來的二手物，彷彿整個紐約市市民的家具展示間，展示品會不斷輪換，新的進來，舊的出去。包括那張加大雙人床配上他喜歡的那種超硬床墊，飾有花俏銅飾的抽屜櫃，以及所有燈具和地毯。人們會在搬家時丟棄各種物品——有時候他們改變的不只是住處，還有性格。在「經濟的梯子」上，上上下下。也許那張床新家放不進去，或是沙發的形狀太過方正，抑或是他們是新婚夫婦，已經在禮物清單上寫下了新客廳該有的所有配置。許多白人群飛（White Flight）[04]的家庭搬往郊區，例如長島（Long Island）或西徹斯特（Westchester），他們打算重新開始——擺脫城市，也意味著擺脫他們過去對自己的看法。每當這種時候，他和霍瑞森搬家公司（Horizon Moving）的其他員工就有比清潔隊更早挑選的權利。比方說他現在躺著的那張沙發，就是這七年來的第十二張，每一張都比上一張好。這是在搬家公司工作的福利之一，即便這份工作有時候會讓你的腰受苦。

儘管他像流浪漢一樣撿別人的家具，但他仍在這座城市扎了根。除了他兒時的家，這裡是他住得最久的地方。他在一間雅房展開了紐約的生活，他在那裡待了幾

04係指二十世紀中葉美國社經地位較高的白人遷離種族開始多元混雜的市中心，大規模移居市郊，以避免種族混居。

個月，直到他在四兄弟餐廳（4 Brothers）找了份洗碗的工作。他經常搬家——上城區（Uptown）、西班牙哈林區（Spanish Harlem）——最後他打聽到霍瑞森的職缺，得到這份穩定的工作，這才在百老匯附近的八十二街（Eighty-Second Street）定居下來。當房東推開公寓的大門，他就知道自己會租下這個地方：就是這裡。如今已經邁入第四年。「我現在是中產階級了。」他開玩笑地對自己說。就連這裡的蟑螂都比較高貴，牠們會在他開浴室燈的時候四處逃竄，而不是無視他的存在，他將這份謙遜的態度視為階級差距的展現。

這時德妮絲回來了。「你有聽到我在外面的聲音嗎？」她邊說邊走進廚房，將一把奶油刀刺進冰塊的袋子。

「什麼聲音？」

「剛剛有隻老鼠從我的腳邊跑過，嚇得我叫了一聲。剛才尖叫的人就是我。」她說。

德妮絲身材高大，有著哈林區住民特有的強悍，完全可以加入女子籃球隊。她是那種在城市裡長大的天不怕地不怕的女孩。他曾見過她對著一個肌肉發達的混混破口大罵，因為她在街上從他面前走過時，他低聲對她說了些難聽的話。她敢於直面那個男人，但是一隻老鼠卻讓她像個小女孩一樣驚聲尖叫。德妮絲絕對不是什麼小女孩，所以每當她展現出這一面，總是不免教人覺得驚喜。她住在一百二十六街（126th Street），緊鄰一片空地，現在炎熱的氣溫和成堆的垃圾讓那裡變得比平時還要熱鬧。那些討厭的東西無處不在，從藏身的地洞中鑽出來。她說她昨晚看見了和狗一樣大的老鼠。「也許，牠叫起來也像狗。」他認為牠有可能就是一隻狗，但她今天不打算回家，而他也很高興她能留下。

她星期三晚上的課因為國慶日取消了，那天他也放假，她在他午睡的時候過來，爬上他的床，將大大的銀耳環放在床頭櫃時——這是阿特金森（Atkinson）家送給她的禮物，他們住在龜灣（Turtle Bay）至約克大道（York Avenue）一帶，有三個小孩、一隻狗，還有一套金伯爾兄弟（Gimbels）的餐桌椅——吵醒了他。她現在知道他的腰是哪個位置在痛，她幫他揉了揉，接著讓他轉身，她趁勢跨坐到他身上。等他們做完愛，兩人相擁纏綿的時候，房間裡的溫度彷彿又上升了十度。他們一開始還很享受溫熱的蘭姆酒可樂，可後來就不行了，必須拿去加點冰塊。

他們是在一百三十一街（131st Street）上的那所高中相遇的，那裡晚上有開設成人課程。當時他正為了考取普通教育發展證書（GED）[05]而努力，而她則在隔壁教室教多明尼加人和波蘭人英文。他一直等到課程上完才約她出去，他拿到了證書，並為自己感到驕傲，但這樣的時刻往往會讓你意識到，你的生活中缺少一個關心你這份渺小成就的人。他想著要考GED已經有一陣子了，他小心翼翼地呵護著它，彷彿那是他捧在手心裡的火苗，生怕會被風吹熄。他經常在地鐵裡看到那則廣告——依照你自己的步調，在夜間完成學業——拿到那張紙的當下，他簡直開心得不能自己，忍不住說了一聲「幹」，然後徑直走向她。她有棕色的大眼睛，鼻子上一片雀斑。**依照他自己的步調**，他一直以來都是這麼做的。

他約她出去，可是被她拒絕。當時她正在和別人約會。一個月後，她打了通電話給他，兩個人一起去古巴中式小館吃了飯。

德妮絲把加了冰的蘭姆酒可樂拿來了。「我還帶了三明治。」她說。

他架起了邊桌——這是瓦特斯（Waters）先生從阿姆斯特丹大道（Amsterdam Avenue）搬到布朗克斯（Bronx）的亞瑟大道（Arthur Avenue）時留下的。它折疊起來

05 General Educational Development，簡稱GED，檢驗個人是否具備美國或加拿大高中同等學術技能而設立的測驗及證書。

剛好能塞進沙發和茶几之間的空隙，像這樣。真應該給發明這東西的人頒發諾貝爾物理學獎。

「他們必須做點什麼，把垃圾趕緊都清理掉，」德妮絲在廚房高聲說道：「比姆（Beame）得拿起電話，跟那些人談談。」

她一向覺得市長是個無能的傢伙，這次的罷工恰好給了她抱怨的機會。在他將電視天線調整到看第四台的最佳位置時，她一一列舉了她不滿意的地方。「首先，」她說：「是壞掉的食物加上管理員噴上的消毒水味道。」消毒水是為了對付聚集在垃圾堆上方的一大團蒼蠅，以及在人行道上蠕動的蛆蟲。再來是濃煙，人們用焚燒的方式擺脫那堆垃圾——他不理解這個行為，儘管他自認為對人性頗有研究——隨後樓房之間的微風又把煙霧吹得到處都是。消防車在大街小巷來回奔走，鳴笛聲響徹整座城市。

除此之外，還有老鼠。

他嘆了口氣。每次爭論，他都會站在反抗權威的那一邊，這是他的第一原則。警察和政治人物，有錢有勢的企業家和法官，這些混帳東西總是在幕後操控著一切。「既然已經抓住他們的要害了，就絕不能輕易放手。」他說：「那些人都是辛苦的勞動者。」比姆市長、尼克森和他的那些屁話，幾乎都讓他想去投票了。不過，他決定盡可能地避開政府，不要太過冒險。

「寶貝，妳坐下吧，」他說：「我來弄就好。」

「已經都弄好了。」她甚至為了幫他準備熱水袋，把水壺都放到了爐子上。水壺發出了哨聲。

焚燒垃圾所產生的煙霧從窗戶溜了進來，他將臥室的窗戶打開，讓空氣對流。她說得對。要是這場罷工跟上次拖得一樣久，那可就麻煩了。外面的情況非常糟糕。不過這也是個好機會，讓城市裡的其他居民看看自己到底生活在什麼樣的地方。

換個角度，試試他的立場，看他們還會不會喜歡這裡。

新聞主播播報了假日的天氣，並簡單地更新了一下罷工的情形——「談判還在進行」——最後要觀眾們不要錯過即將播出的《九時電影》（*Nine O'Clock Movie*）。

他用玻璃杯輕輕碰了碰她的杯子。「妳現在是我的妻子了——這是戒指。」

「什麼？」

「電影裡的台詞啊，薛尼．鮑迪說的。」當時他邊說，邊舉起綁住自己和那個白人鄉巴佬的鐵鏈。

「你說話該注意一點。」

當然，對話的內容會因說話者和說話對象的不同而產生改變，就像那部電影的結局一樣。一方面，兩名囚犯都沒能成功脫逃；或者從另一方面來看，要是他們其中一個願意犧牲另外一個人，或許就能逃出生天。不過，也許這一切都不重要——無論他們做出何種選擇，都是死路一條。幾年後，他不再重看那部電影了，那時他意識到自己之所以這麼做，並不是因為它的劇情有點老套，也不是因為它有些地方不符合現實，或是它標記著他過去曾走過的路，而是因為這部電影讓他感到悲傷，而他自身偏執的那部分總在追尋這份悲傷。後來他在某個時刻意識到，避免那些讓他心情低落的事物，才是比較聰明的做法。

然而那天晚上，他沒有看到電影的結局，因為德妮絲穿著牛仔短裙，她美好大腿露在外面，讓他完全無法專心。當電視開始播放抗酸藥的廣告時，他把手伸了過去。看《逃獄驚魂》，做愛，然後睡覺。消防車在夜間穿行。明天早上，不管他腰疼不疼，他都得起床出門，因為他十點鐘要去見一個人，然後買下他的貨車。他在床底下的靴子裡塞了一卷鈔票，他未來一定會很懷念每次在發薪日往裡面加二十美元的那種滿足感。他把洗衣店裡的那張傳單撕了下來，以防萬一有人搶先他一步——六七年的福特爬山虎（Ford Econoline），需要重新上漆，但是一百二十五街（125th Street）的那夥人欠他一份人情。這樣一來，他就能在霍瑞森的排班之外自己多接幾份工作，週末也能上工，順便帶上拉里，這樣他就能還清老母親借他的錢了。你沒辦法指望衛生局，但拉里總是抱怨他孩子的撫養費永遠像美國鋼鐵公司（U.S. Steel）一樣忠實可信。

他決定要叫他的公司「佼佼者搬家公司」（Ace Moving），因為ＡＡＡ這個名字已經被別人取走了，而他想讓公司列在電話簿的最前面。六個月前，他才意識到這個名字來自於他在鎳克爾的那段日子。佼佼者：在外面的世界，曲折前行。

第十二章

離開鎳克爾有四種方法。

一、刑滿釋放。刑期一般為六個月至兩年，但管理部門有權依據情況提前給予合法釋放，而良好的表現則是合法釋放的觸發條件。如果一個行事謹慎的男孩積攢到足夠的點數晉升為佼佼者，他就能提早獲得釋放，再次回到家人的懷抱中，他們可能會滿心歡喜地迎接他回來，也可能在看見他的身影乍然出現在路口時，不由得眉頭一皺，開始默默倒數下一場災難的降臨。當然，這一切的前提是，如果你有家人的話。如果沒有，那麼佛羅里達州的兒童福利機構還有其他多種不同的監護措施，環境優劣不一。

你也可以一直待到超過年齡限制為止。學校會在男孩們十八歲生日當天讓他們離開，和他們匆匆握手道別，並提供一筆零用金。他們可以選擇回家，或是在這個冷漠的世界中闖蕩，最後常常會被迫走上一條更為艱辛的道路。男孩們通常在來到鎳克爾之前，就已各自遭受過不同的傷害，而在校期間又會增加更多的疤痕與磨難。此後等待他們的，往往是更嚴重的偏差和更殘忍的機構。如果一個人想要概述鎳克爾男孩的生命軌跡，那麼他們的人生在入校前、就讀期間和離校後都是一塌糊塗。

二、法院或許會出面干預。這可謂是奇蹟發生。失散多年的阿姨或表親突然現身，從政府手裡接下了你的監護權。如果你親愛的媽媽有經濟能力，她就能請律師替你求情，說明情況已有改變：**現在他的父親去世了，家裡需要一個男人養家活口。**也許負責此案的法官——新的，或是原本的那個討厭鬼——會為了他的私人利益而介入，比方說，金錢交易。不過要是男孩家裡有足夠賄賂的錢，他打從一開始就不會被送進鎳克爾。儘管如此，司法本來就或多或少是腐敗且反覆無常的，有時某個男孩會像是受到了神的眷顧一般獲得釋放。

三、你可能會死。如果因為環境惡劣、營養不良和一連串無情的疏忽，你甚至有可能「自然死亡」。一九四五年的夏天，一名年輕男孩因被關進狹窄的禁閉室而死於心臟衰竭，當時是非常常見的矯正措施，驗屍官稱之為自然死亡。想像一下在太陽底下的禁閉室裡被烤乾的感覺，直到你的身體嚴重脫水、不成人形。流感、肺結核和肺炎也導致許多人喪命，還有意外事故、溺水與墜樓事件。一九二一年的那場大火，奪走了二十三條人命。宿舍的一半出口都被鎖死，被關在三樓黑牢裡的兩個男孩也沒能逃出來。

死去的男孩不是被葬在布特山，就是交給家人料理後事。有些男孩的死甚至更加殘酷。只要查看學校的紀錄——雖然它們並不完整——你便能看到鈍性創傷、被獵槍擊中等字眼。在二十世紀上半葉，男孩會在被租給當地家庭使用時死亡，學生會因為「未經許可擅自離校」而遭到殺害，更有兩個男孩活活被卡車碾死，這些死亡事件卻從未有人調查。南佛羅里達大學的考古學家們注意到，多次試圖逃跑的學生的死亡率，高於從來沒有逃跑過的學生。這使人不禁猜想，那片無名墳場可能還藏著不為人知的祕密。

第四、最終你也可以嘗試逃跑。逃一次試試，看看會發生什麼事。

有些男孩逃向了無聲的未來，隱姓埋名在各地流浪，一輩子活在陰影之中，終其一生都害怕鎳克爾找到他們的那一天。不過大部分的逃犯都會被抓住，先被帶去冰淇淋工廠參觀，再到漆黑的牢房裡進行為期數週的「態度矯正」。逃跑是瘋狂的，不逃跑也是瘋狂的。當男孩的視線越過校園的邊界，望見外面那個自由自在、生機盎然的世界時，他的心中怎能不產生一股掙脫枷鎖的衝動，不去為自己書寫一次人生？扼殺一個人想要逃跑的念頭，如果連那一丁點最微不足道的念想都不放過，等於抹殺一個人的人性。

克萊登．史密斯（Clayton Smith）是鎳克爾學院著名的逃犯。他的故事在歲月中遠行，監管人和宿舍管理員讓這則故事經久不衰地流傳了下來。

故事發生在一九五二年。克萊登並不是看上去最有可能會逃跑的人，他既不聰明，也不強壯，不僅沒有反叛精神，還缺乏勇氣——他只是單純沒了堅持下去的意志力。他在踏入校園之前就已遍體鱗傷，可是鎳克爾放大並加強了這個世界的殘酷，讓他的雙眼看見更荒涼的波長。如果他這十五年來已經遭受了這麼多磨難，未來還能有什麼在等著他？

克萊登家裡的男人都長得十分相像。街坊鄰居一眼就能認出他們如老鷹般的側臉，淺棕色的眸子，以及他們說話時揮舞的雙手和快速變換的嘴型。這份相似遠比外貌來得更加深刻，因為史密斯家的男人都沒什麼運氣，也不長壽，克萊登同樣精準無誤地繼承了這一相似之處。

克萊登的爸爸在他四歲時心臟病發作，當時他的手像爪子一樣緊抓著床單，嘴巴和眼睛都張得大大的。克萊登在十歲那年輟學，跟著他的三位哥哥和兩位姊姊到曼徹斯特柑橘園工作。家裡最小的孩子終於也能為家計出一分力了。他的媽媽自從得了肺病，健康狀況便每況愈下，最後由佛羅里達州接手了他們的監護權。從此，孩子們被迫分開。在坦帕，人們還稱鎳克爾為佛羅里達男子工業學校。它以改善年輕人的品格聞名，無論他是個壞胚子，還是僅僅因為無處可去。他的同學把姊姊們寫給他的信讀給他聽，而他的哥哥們則東奔西走，被現實沖散。

克萊登從沒學過打架，因為有年長的哥哥姊姊在身邊，霸凌者自然望而卻步。在鎳克爾發生的小衝突中，他的表現總是差強人意，唯一能讓他感到安閒自在的，是他在廚房削馬鈴薯的時候。那是個安靜的時刻，而且他有一套自己的流程。當年羅斯福的舍監叫做弗雷迪．里奇（Freddie Rich），他的職業生涯即是一張無助孩童的地圖——馬可．G．吉丁斯之家（Mark G. Giddins House）、蓋登維爾青年學校（Gardenville School for Young Men）、位於克利爾沃特（Clearwater）的聖文森孤兒院（St. Vincent Orphanage），最後是鎳克爾男子學院。弗雷迪．里奇依據他們的步態及姿勢確定人選，行政文件為他的行為加強了保障，其他男孩對待他們的方式則提供了最終的確認。他很快就鎖定了年輕的克萊登，他的手指摸索著他的兩塊椎骨，告訴男孩：**就是現在。**

弗雷迪・里奇住在羅斯福宿舍的三樓，但他偏好遵循鎳克爾的傳統，將獵物帶到白色校舍的地下室。經過在情人巷的最後一趟旅程，克萊登終於受不了了。那天晚上，他在穿過校園的途中碰到了兩名監管人，但他們已經習慣看見男孩在無人陪同的情況下獨自走回宿舍，於是便放他離開，而他也因此搶得先機。

男孩的計畫涉及他的姊姊貝兒（Bell），她去了蓋恩斯維爾（Gainesville）一間為女童設立的關愛之家，和其他的家庭成員相比，她享受著較好的待遇。經營這間關愛之家的人都很善良，對待種族議題的態度也十分開明——那裡沒有玉米糊，也沒有破爛的衣裙。她又重新開始上學了，只有週末會和其他女孩一起做些縫補的工作。等她到了能夠自主的年紀，她就寫信給克萊登，說她會來接他走，他們又能一起生活了。在他很小的時候，貝兒曾幫他換過衣服和洗澡，而他一生所有的溫馨回憶，都來自許久以前那段記憶模糊的日子。他逃跑的那天夜裡，來到沼澤地的邊界，理智告訴他要進入那片漆黑的水域，但他無論如何都辦不到。這地方太嚇人了，周圍環繞著鬼魅般的暗影、渾濁的黑水，以及動物交媾與爭鬥的交響曲。克萊登從以前就畏懼黑暗，只有貝兒知曉能夠安撫他的那些歌曲，她會將他的頭枕在大腿上哄他，而他則一邊用手指捲她的辮子。最後他朝著東邊萊姆園的方向，一路走到喬丹路（Jordan Road）。

他沿著樹林與馬路的邊界悄然前行，每當有車子經過時，他就會躲進毛刺和樹叢之中。等到他一步都走不動了，他便鑽到一棟偏僻的灰房子底下，蹲在管線槽隙的髒水裡。蚊蟲將他當作晚餐，他輕撫著皮膚上的腫塊，試圖在不抓破的情況下止癢。不一會兒，那家人回來了，是一個母親、一個父親和一個十來歲的年輕女孩。他只能看見他們的腳和膝蓋，後來他漸漸得知，女孩懷孕了，這件事打破了家裡的平靜，又或者這家人一直都處在暴風中，這不過是他們習以為常的天氣。待爭吵停止，他們也都睡下了，他才躡手躡腳地溜了出去。

路邊陰森可怖，男孩對自己行進的方向毫無頭緒，但他並不擔心。只要沒有聽見獵狗的聲音，他就是安全的。當時，阿帕拉契的那群獵犬恰好被調到別處，去追捕皮德蒙特監獄的三名逃犯，再加上弗雷迪．里奇過了二十四個小時才向上頭報告克萊登失蹤的消息，他就像一隻受困的老鼠，生怕自己的捕食行為被人發現。他之前的工作全被解雇了，況且他也很喜歡現在這份錢多事少的工作。

克萊登有過獨處的經驗嗎？從前在坦帕那條死巷的屋子裡，他的哥哥姊姊們總是陪伴在他左右，一家人擠在那間搖搖欲墜的三房小屋裡。接著他來到鎳克爾，與其他男孩集體遭受屈辱。他不習慣長時間與自己的思緒為伴，它們像骰子一樣，在他的頭顱中哐啷哐啷地來回滾動。他以前從未想過比家人團聚更長遠的未來，然而到了第三天，他卻編織出了一幅未來的圖景——先做幾年廚師，等存夠了錢再自己開間餐廳。

克萊登開始在柑橘園工作後不久，切特汽車餐廳（Chet's Drive-In）就在郡道一段破敗的岔路上開張了。去工作的途中，他透過卡車的板條巴巴地張望，等待餐廳充滿紅色、白色和藍色的立面和不鏽鋼雨棚驀然映入眼簾。他們掛上橫幅，並沿路設置吸引顧客上門的指示標牌，隨後切特餐廳便開業了。一群年輕的白人服務生穿著綠白條紋相間的時髦連身套裝，笑臉迎人地將漢堡和奶昔端到停車場。那套光鮮亮麗的連身制服象徵著勤勞自主的美德。看著那些豪華的轎車，以及從車裡伸出來拿取餐點的手，克萊登不由心生嚮往。

確實，由於克萊登從未在餐廳用過餐，所以將這個地方看得過於美好，加上他的飢餓或許也滋養了他想要擁有一家餐廳的想法。在他逃跑的時候，他對自己餐廳的幻想——穿行在客人之間，詢問他們對餐點的滿意度，坐在餐廳後面的辦公室裡核對帳單，就像他在電影裡看到的那樣——始終伴隨在他左右。

到了第四天，他覺得自己已經走得夠遠了，於是決定搭便車。鑒於他身上的鎳克爾背帶褲和工作衫太過顯眼，他在看見一輛破舊皮卡車從一座白色大農舍駛離後，從晾衣繩上偷了一套工作服。他先觀察了那棟房子一段時間，確定安全以後才將工裝褲和上衣扒走。老婦人在二樓看著他從樹林跑出來，迅速地取走那些衣服——那幾件工作服是她去世的丈夫所留下的遺物，現在是她的孫子在穿。她很高興有人拿走了它們，因為每次看見別人穿著那身衣服，她就覺得難受，尤其是他兒子的孩子，他不僅對動物殘忍，還對神靈不敬。

只要能讓他多拉開幾個小時車程的距離，他不在乎車子會開去什麼地方。克萊登飢腸轆轆，他從未在完全沒有進食、也不知道下一頓飯在哪裡的情況下走那麼遠的路，但是趕路才是眼下首要之務。路上沒有什麼車經過，就算他膽子夠大，敢走到柏油路上，看到白人的面孔還是會教他膽戰心驚。路上一個黑人駕駛都沒有，也許這個地區的黑人都沒有車子。最後他在看到一輛有著午夜藍鑲邊的白色帕卡德（Packard）時，硬著頭皮豎起了大拇指。他沒能看清駕駛的長相，但是帕卡德是他第一個認識的汽車品牌，所以他對它們有一種特殊的好感。

駕駛是一位穿著奶油色西裝的中年白人——他當然是個白人，在那輛車裡的還能是什麼膚色的人呢？他將他的金髮梳成中分，鬢角處有兩塊銀白的髮絲。陽光下，他的藍眼睛在金屬框眼鏡後面變成了雪白色。

男人對著克萊登上下打量一番，隨後讓男孩上車。「你要去哪裡，孩子？」

克萊登脫口說出了腦袋裡冒出的第一個詞：「理查茲（Richards）。」那是他從小長大的街道。

「我不知道那在哪裡。」白人回答。他提到了一座克萊登未曾聽說過的城鎮，說他可以走多遠就帶他多遠。

克萊登以前從來沒有坐過帕卡德，他摸了摸右腿旁邊的座椅面料，那裡是男人視線之外的地方：椅墊上有紋路，摸起來絲滑鬆軟。他很好奇工廠裡那些專業的工人們，是如何將引擎蓋下那有如迷宮般錯綜複雜的活塞與閥門組裝在一起的。

「你住在那裡嗎？」男人問，「理查茲路？」他聽上去頗有教養。

「是的，先生，和我的爸爸媽媽住在一起。」

「這樣啊，」男人又問，「你叫什麼名字，孩子？」

「哈利。」克萊登回答。

「你可以叫我西蒙斯（Simmons）先生。」他們互相點了點頭，彷彿達成了某種共識。

他們就這樣開了一段路。克萊登不打算主動說話，他緊閉著雙唇，以防萬一有什麼蠢話會從嘴裡飛出來。現在不是他那雙愚笨的腿帶著他向前，他卻反而焦慮起來，不時察看路上有沒有警車。他責怪自己沒有再躲久一點。他想像弗雷迪．里奇領著一群人，手裡拿著手電筒，陽光照在克萊登再熟悉不過的那個水牛圖案的大皮帶扣上——它的樣子，以及它打在水泥天花板上的劈啪聲。路旁的房屋變得越來越密集，當那輛帕卡德緩緩駛進一條短小的主要道路時，男孩將身子稍微往下滑，但試圖不讓白人看見。接著，他們又來到了一條靜謐的小道。

「你幾歲了？」西蒙斯先生問。他們剛從一間關閉的埃索加油站前駛過，加油站裡的油泵生鏽到變成了稻草人，隨後，他們又經過了一片小墓地邊上的白色教堂。那裡土地下陷，導致墓碑歪斜，使得墓地看上去像一張長滿爛牙的嘴。

「十五歲。」克萊登答道。他終於意識到這個男人讓他想起了誰——路易斯（Lewis）先生，以前他們家的老房東。你最好在每個月第一天把房租交給他，否則你隔天就會被趕到街上。這讓他感覺一陣噁心。男孩握緊了拳頭。如果這個男人把手放到他腿上，或是試圖伸手去摸他的性器，他知道他該怎麼做。他曾發誓過許多次要往弗雷迪．里奇臉上揍一拳，可是每次真的到了那個時候，他都僵在原地動彈不得，但是今天他覺得自己做得到，他從外面的世界獲得了力量。

「你有在上學嗎，孩子？」

「有的，先生。」那天是星期二，他非常確定。這是他回推的結果——弗雷迪・里奇喜歡在星期六的時候去找他。**鎳克爾男孩比十分錢舞女還便宜，而且絕對物超所值。**

「接受教育是很重要的。」西蒙斯先生說，「它能為你打開機會的大門。尤其是對你們這種人。」時間一分一秒地過去。克萊登撐開他壓在椅墊上的手指，彷彿正抓著一顆籃球。

還要多少天他才能抵達蓋恩斯維爾？他記得貝兒所在的關愛之家的——瑪麗小姐關愛之家（Miss Mary's）——但是他得四處去打聽消息。不知道蓋恩斯維爾是個什麼樣的城市？在他為自己安排好一切之前，還有許多細節需要釐清。貝兒會想出一些只有她知道的祕密信號和會面地點，她在這方面很有頭腦。在她替他把被子蓋好，告訴他已經沒事了之前，還有很長一段時間，不過只要她人在附近，他就願意等下去。「現在別出聲了，克萊登……」

正當他這麼想著，那輛帕卡德已駛過鎳克爾車道入口的石柱。西蒙斯先生剛從艾莉諾鎮長的位子上正式退休，但他仍是董事會的一員，時刻關注著學校的動態。三名準備前往金屬加工廠的白人學生看到克萊登從車上下來，但他們不知道他就是那個逃跑的男孩，午夜的風扇轟轟作響，將消息傳到半睡半醒的人耳裡，可是它沒有告訴他們是誰在吃冰淇淋。當年男孩們還不知道汽車在半夜開往學校垃圾場，就意味著祕密墓地又迎來了一位新居民。讓克萊登．史密斯的故事在學生之間廣為流傳的人是弗雷迪．里奇，他將這個故事作為一種反面教材，說給他的新對象聽。

你可以逃跑，抱著能夠逃出生天的希望。有些人成功了，但大多數人沒有。

根據埃爾伍德的見解，離開鎳克爾還有第五種方法。他是在懇親日他外婆來看他的那天想到的。那是個溫暖的二月午後，一組組家庭聚集在食堂外的野餐桌旁。有些男孩是本地人，他們的父母週末都會帶著好幾袋食物、新襪子和街坊鄰居的消息來探望他們。不過學生們來自佛羅里達州的各個地方，從彭薩科拉（Pensacola）到礁島群（the Keys）都有，如果想來看望他們任性的兒子，大多數的家庭仍得遠道而來，搭乘不通風的巴士長途跋涉，直到果汁變熱、三明治的碎屑從蠟紙掉到大腿上。工作纏身或距離太遠，都有可能讓探視變得難如登天，還有一些男孩心裡清楚，他們的家人已經不願與他們來往。每回到了懇親日，宿舍管理員就會在工作結束之後，告訴男孩們是否有人在山上等他們，要是沒有，他們就會去操場玩，或是在木工房的桌子或游泳池找什麼東西轉移自己的注意力——上午對白人男孩開放，下午對黑人男孩開放——避免看到山上家庭團聚的場景。

哈麗雅特每個月會來艾莉諾兩次，但是上次因為生病缺席了。她寄了一封信告訴埃爾伍德她得了支氣管炎，並附上幾篇她認為他會感興趣的新聞報導：有一篇關於馬丁·路德·金恩在紐澤西州紐華克城（Newark）的演講文章，還有一篇關於太空競賽的滿版彩色報導。她朝他緩緩走來，她看上去一下子老了好幾歲。那場病讓她瘦小的身軀變得更加消瘦，她的鎖骨在綠色的洋裝上勾勒出一條直線。她一看見埃爾伍德便停下腳步，讓他靠近點給她抱一抱。這為她爭取了片刻的休息時間，然後才向著他架起的野餐桌邁出最後幾步。

這一次，埃爾伍德抱她抱得比平時更久，他將臉緊緊地貼在她的肩上。接著他忽然想起周圍還有其他男孩，這才鬆開雙手——在這裡最好不要表露太多自己真實的情感。這次的等待貌似格外漫長，不僅僅是因為她答應過他，下回從塔拉赫西來的時候會捎來好消息。

他在鎳克爾的生活漸漸變成一種順從的曳足而行。新年過後一切風平浪靜，他們去了幾次艾莉諾鎮給常客送貨，埃爾伍德已經熟知在每一站要做些什麼，他甚至不止一次提醒哈珀這個星期三要去頂商雜貨店和餐廳，就像他從前在菸草店協助馬可尼先生那樣。宿舍比起秋天的時候寧靜了許多，鬥毆和衝突變少了，白宮也無人問津。一確定厄爾沒有命喪黃泉，埃爾伍德、特納和德斯蒙德就原諒了傑米，他們下午大多都在玩大富翁，他們在遊戲中加入了宿舍規定、祕密協議和復仇計畫，用鈕扣代替缺失的棋子。

他白天過得越規矩，夜裡就越是忐忑。宿舍裡一片死寂，他會在午夜過後驟然驚醒，被自己想像出來的聲音嚇著——門口的腳步聲，或是皮帶劃過天花板的響聲。他在黑暗中瞇起眼睛：什麼也沒有。接著他會像被施了魔咒一般，好幾個小時無法入眠，因搖擺不定的想法而感到焦躁，因低落消沉的意志而變得軟弱。擊敗他的不是斯賓瑟或其他監管人，也不是正在二號房呼呼大睡的新對手，而是那個停止反抗的自己。他低著頭，處處小心，竭力避免在熄燈之前惹禍上身，他自欺欺人地以為自己勝利了，他戰勝了鎳克爾，因為他沒有跟任何人起衝突，也沒有被捲入什麼麻煩。可是事實上，他已經被徹底摧毀了。他就像金恩博士在牢房寫的那封信裡提到的黑人，經歷多年的壓迫之後變得身心俱疲而安於現狀，他們適應了眼下的處境，把它當成自己唯一能夠安眠的那張床。

有些時候，他會殘忍地將哈麗雅特視為他們的一分子。現在她看起來更像了，和他一樣被消耗殆盡。那陣自你有記憶以來始終猛烈的狂風，這會兒也漸漸平息了下來。

「我們可以跟你們擠一擠嗎？」

伯特（Burt）——克利夫蘭宿舍的男孩，一個寶貝——想要和他們共用一張野餐桌。伯特的母親向他們道謝，露出了笑容。她年紀很輕，大約二十五歲左右，長著一張圓潤而直率的臉。這位母親雖然疲憊，卻依然優雅從容地哄著伯特的小妹妹，她坐在她的大腿上對著小飛蟲興奮地笑著。他們的嬉笑打鬧讓埃爾伍德在外婆說話時分了神，他們是那樣的喧鬧快活，而埃爾伍德和他的外婆在他們旁邊卻靜得像在教堂一般。儘管伯特有些調皮，但是就埃爾伍德看來，他是個心地善良的孩子。他對男孩的事情不甚了解，也不清楚他是惹了什麼麻煩，但他出去之後肯定能改過自新、重歸正途。他的母親在外面等他，這是一項很大的優勢。這是大多數男孩所沒有的。

等到埃爾伍德離開學校時，他的外婆或許已不在人世。這是他之前未曾有過的想法。她很少生病，但要是她真的生了病，她也不願老老實實地休息。她是堅強的人，可是這個世界一直在慢慢啃蝕她。她的丈夫英年早逝，女兒消失在西部，現在她唯一的孫子被判到了這個地方。她吞下了世界給她的一份份苦楚，如今她獨自住在布雷瓦德街，她的家人一個接著一個地被帶走。她可能等不到他出去。

埃爾伍德知道她有壞消息要告訴他，因為她花了比平時更長的時間在談論弗倫奇敦鄰居的大小消息。克拉麗絲·詹金斯（Clarice Jenkins）的女兒上了斯貝爾曼大學（Spelman College）；泰隆·詹姆斯（Tyrone James）在床上抽菸，結果把房子給燒了；馬科姆街上開了新的帽子店。她還順帶說了一些民權運動的最新進展：「林登·詹森（Lyndon Johnson）[01]決定繼續推進甘迺迪總統的民權法案，並將它帶到了國會。如果連那個南方佬都在做對的事，你就知道情況正在發生改變。埃爾伍德，等你回來的時候，事情肯定已經有了翻天覆地的轉變。」

「妳的大拇指很髒。」伯特說，「快把它從嘴裡拿出來，改吸我的吧。」他把大拇指舉到妹妹面前，她做了個鬼臉，咯咯地笑了起來。

埃爾伍德將手伸過桌子，握住哈麗雅特的手。他以前從來沒有這樣摸過她的手，像是在安慰孩子似的。「外婆，發生了什麼事？」

大部分的訪客都會在懇親日的某個時刻掉下眼淚：道別時，他們轉身背對自己的

01 美國第三十六任及第三十七任總統。

兒子，看見鎳克爾的出口就在路的盡頭。伯特的母親將一條手帕遞給他的外婆，她背過身抹了抹眼睛。

哈麗雅特的手指顫抖起來，他堅定地攥緊她的手。

律師走了，她說。那個和善親切、彬彬有禮的白人律師安德魯斯先生，之前明明對埃爾伍德的申訴如此樂觀，結果他就這樣一聲不響地去了亞特蘭大，還帶走了他們的兩百塊美金。馬可尼先生和他見過面後又追加了一百塊，是的，這種行為並不符合他的個性，但是安德魯斯先生的態度堅決且富有說服力：他們遇到的是一起典型的審判不公。她坐公車去市中心見他的時候，他的辦公室已經空了，房東正在帶一位有意租房的牙醫參觀辦公室，他們看她的眼神，就像她連個屁都不是。

「我讓你失望了，埃爾。」她說。

「沒事的。」他說，「我剛升上探險家。」他一直保持低調，現在他得到了獎賞。正如他們所願。

離開的方法一共有四種。埃爾伍德在下一個不眠之夜的輾轉反側中，決定採取第五種方法。

殲滅鎳克爾。

第十三章

他從未錯過任何馬拉松比賽。他不關心那些得獎者，那些追逐世界紀錄的超人型選手，他們在紐約的柏油路上飛奔，跨越橋面，穿過自治區寬闊的大道。攝影團隊驅車跟隨他們，放大他們的每一滴汗水與頸部跳動的血管。騎著摩托車的白人警察也緊隨其後，以防萬一某些瘋子從邊線衝出來干擾他們。那些人已經擁有足夠的掌聲了，還要他做什麼呢？去年的冠軍是個非洲小夥子，一個從肯亞（Kenya）來的傢伙。今年則是一個來自英國的白人，除了膚色之外，他們的體型簡直如出一轍——看看那雙腿，你就知道它們一定會上報紙。他們是職業選手，一年到頭都在訓練，搭飛機到世界各地去參加賽事。為得獎者喝采總是容易的。

不，他喜歡的是那些步履蹣跚的選手，半走半跑地來到第二十三哩，像拉布拉多犬那樣舌頭吐在外面，不計一切代價地跟蹌著穿過終點線，兩隻腳在 Nike 球鞋裡被磨得血肉模糊。那些跌跌撞撞、落於人後的參賽者，他們的志向不在於比賽本身，而是在於探索自己的內心深處——深入洞穴，帶著自己的收穫重返光明。等到他們抵達哥倫布圓環（Columbus Circle）時，電視台的工作人員早已撤離，錐形紙杯和開特力（Gatorade）01的空瓶像牧場中的雛菊散落跑道，銀色保溫毯在風中翻飛。也許有人在等他們，也許沒有。誰不會為這樣的他們喝采呢？

得獎者們獨自跑在前頭，接著賽道被人群占滿，無名小卒在後面擠成一團。他來是為了看那些墊底的選手，以及簇擁在人行道和街角的民眾，那群紐約暴民是如此地古怪可愛，他們用一種他只能稱之為親切感的力量，把他從市郊的公寓召喚過來。每年十一月的比賽都讓他再再地親眼見證一項事實，使他對人類所抱持的懷疑態度面臨挑戰：他們共同在這座髒亂不堪的城市中生活，他們是不可能有血緣關係的親戚。

群眾踮著腳尖，肚子磨蹭著警察為比賽、暴動和總統出行才會設置的藍色木製護欄，為了更好的視野而互相推擠，有的甚至騎在爸爸或男友的肩上。在空氣喇叭、狼哨，以及手提音響大聲播放的卡利普索（Calypso）的古老曲調中，「衝啊！」、「你可以的！」和「你辦到了！」的叫喊此起彼伏。根據風向的不同，空氣有時聞起來

01 美國老牌運動飲料。

像薩布雷特（Sabrett）熱狗攤車，有時則像隔壁背心小妞毛髮濃密的腋下。回想起過去在鎳克爾那只能聽見啜泣與蟲鳴的夜裡，你是如何跟六十個男孩擠在同一間宿舍，卻依然感覺自己在這世上是孤身一人。所有人都圍繞在你身邊，同時又沒有人在你身邊。在這裡，儘管所有人都圍繞在你身邊，但是出於某種奇蹟，你卻不想掐死他們，反而想給他們一個擁抱。整座城市，無論是窮人還是住在公園大道（Park Avenue）的富人，無論黑人白人還是波多黎各人，大家都站在路邊，舉著標語牌或國旗，為前一天跟他們在 A&P 超市收銀台還是對手的人歡呼，為地鐵上和他們爭搶最後一個座位的人歡呼，為那個在人行道上走路像海象一樣慢吞吞的人歡呼。即便他們是互相競爭同一間公寓、同一所學校和同一口氧氣的敵人，但所有得來不易且備受珍視的仇恨，就在他們共同慶祝一場耐力與某種變相的痛苦儀式時，就這樣消失了幾個小時。

你可以的。

到了明天，一切都會恢復原樣，但在今天下午，停戰狀態會一直持續到最後一位選手的最後一聲喝采為止。

太陽下山了。十一月倏地掀起陣陣寒風，彷彿提醒所有人，現在他們是在它的國度生活。他從公園位於六十六街的出口離開，從兩名騎警之間迅速穿過，警察墨鏡映照出他那猶如黑色米諾魚的身影。等他來到中央公園西（Central Park West）時，群眾已漸漸散去。

「嘿，老兄！嘿，等一下！」

就像許多紐約人一樣，他身上具有一種對癮君子的警報系統，他轉過身來，準備應付這個麻煩的傢伙。

只見那個男人咧嘴笑道：「兄弟，你還記得我吧？我是奇克呀！奇克．皮特（Chickie Pete）！」

沒錯，眼前這個人正是克利夫蘭的奇克．皮特，現在已經是個男人了。

他不常遇見過去那段日子的舊識，這是在北方生活的好處之一。他有一次在麥迪遜廣場花園（the Garden）的一場摔角比賽見到了麥斯威爾（Maxwell），那是吉米．「超級飛人」．史奴卡（Jimmy "Superfly" Snuka）[02]的一場鐵籠戰，他在空中俯衝的動作彷若巨大的蝙蝠。當時麥斯威爾在某個攤販前排隊，他們之間的距離近到可以看見他額頭上那道六吋長的傷疤，疤痕掠過他的眼窩，直直鑿進下巴。他自認還在格麗斯蒂德超市（Gristedes）外遇見走路內八的博迪，他有著一模一樣的金色捲髮，但是那個

02 斐濟著名摔角手。

傢伙卻對他視而不見，彷彿他喬裝打扮了一番，正拿著假護照過海關。

「兄弟，你最近還好嗎？」他這位鎳克爾的老同學穿著紐約噴射機（Jets）[03]的綠色運動外套，和大了一號的紅色運動褲，像是跟誰借來的一樣。

「勉強還過得去吧，倒是你看起來氣色不錯。」他把警報系統調整到了最佳狀態——奇克不是癮君子，但他經常帶著剛從牢裡或戒毒所出來的嗑藥仔會有的那種很毒的東西，在這個街區徘徊。現在他一下跟他擊掌，一下搭他的肩，扯著嗓門說話，努力表現出很好相處的樣子，卻盡是散發出緊張不安的氛圍。

「好兄弟！」

「奇克．皮特。」

「你要去哪？」奇克．皮特提議去喝杯啤酒，他請客。他原本婉拒了，可是奇克．皮特不肯作罷，或許在馬拉松結束之後，他也應該表現一下他對同胞的善意，即便是來自那段黑暗歲月的同胞。

奇普（Chipp's）是他從前住在八十二街（Eighty- Second Street）時就知道的酒吧，那時他還沒搬到市郊去。他剛來紐約那會兒，哥倫布大道（Columbus Avenue）還是個

03 美國紐澤西州的一支美式足球球隊。

相當冷清的地段——所有店家最晚營業到八點——後來街區的酒吧和餐館陸續在大道上開張，有單身酒吧，也有採預約制的餐廳。就像這座城市的每個角落：那些又髒又亂的破地方會在轉眼間搖身一變，變成當下最熱門的話題場所。奇普是一家正宗的酒吧——調酒師會記住你常點的酒，製作美味可口的漢堡，在你想聊天的時候陪你聊，不想聊就和你點個頭打聲招呼。他記憶中這裡唯一發生過的一次種族歧視事件，是一個戴著紅襪隊（Red Sox）[04]棒球帽的瘋子，開口閉口就是黑鬼來黑鬼去的，於是他們立刻就把他轟了出去。

霍瑞森的同事們喜歡在週一和週四來這裡光顧，因為那兩天是安妮（Annie）值班，她給的優惠和她的胸部一樣，都很大方。在他成立佼佼者並開始營運之後，他有時候會帶員工們出去，當時他就是把他們帶來這裡，直到他發現和員工一起喝酒會讓他們變得散漫：遲到或者乾脆不來，還用拙劣的藉口敷衍他，或是服儀不整，把他們的制服弄得皺巴巴。制服花了他不少錢，公司的商標還是他親自設計的。

那時有一場比賽正在直播，但是音量調得很低。他和奇克坐在吧台，調酒師將他們點的一品脫啤酒放在印有「微笑酒吧」（Smiles）廣告的杯墊上——那是以前開在

04以美國波士頓為根據地的職業棒球隊。

同一條街上的高級酒吧。調酒師是個新來的白人，紅頭髮的土包子。他熱愛健身，他身上那件T恤的袖子好似橡膠一般，繃緊貼在他的二頭肌上。如果你的店裡在星期六晚上會有前呼後擁的客人，那你就該雇用像他這樣的大猩猩。

他將一張二十美元的鈔票放在台面上，儘管奇克說他要請客。「我記得你以前會吹小號。」他說。過去奇克曾是黑人男孩樂團的一員，他們在新年的才藝秀上表演了一首爵士版的〈綠袖子〉（Greensleeves），如果他沒記錯的話，曲風接近咆勃爵士樂（Bebop），在當年引起了不小的轟動。

聽到有人提起他的才華，奇克不禁莞爾一笑。「那是好久以前的事了，看看我的手。」他舉起兩根像蟹腳一樣蜷曲的手指。他說他戒酒剛滿三十天。

在酒吧裡提這件事似乎不太禮貌。

不過奇克總能適應自身的缺陷。他剛到鎳克爾的時候還只是個弱不禁風的小不點，第一年經常被人欺負，直到他學會打架，然後開始欺負其他更小的孩子，把他們帶去儲藏室和雜物間——當初學到什麼，現在就教什麼。在奇克畢業展開自己的人生之前，打架和吹小號就是他身為鎳克爾男孩的所有記憶。這是他熟悉的旋律，這幾年來時常聽見——不是從鎳克爾男孩那兒聽來的，而是從曾經在類似地方待過的傢伙。

在軍隊待了一段時間之後，他就被那裡規律的生活和紀律深深吸引。「有很多人從少年輔育院一出來就直接加入軍隊，就像是一個再自然不過的選擇，尤其是當你無家可歸，或是沒有讓你想歸的家的時候。」奇克在軍隊裡待了十二年，後來他崩潰發瘋，就被趕出了部隊。他結過幾次婚，做過任何他能做的工作，其中最好的一份工作是在巴爾的摩賣音響。他可以滔滔不絕地跟你聊高傳真音響的事。

「我天天買醉。」奇克說：「而且，好像我越是想要安定下來，就越容易搞砸每個晚上。」

去年五月，他在酒吧打了人。法官說他若是不去坐牢，就得接受酒癮治療，根本沒得選。他這次來紐約，是為了探望住在哈林區的妹妹。「她讓我在她家住下，直到我想好下一步打算怎麼走。我一直很喜歡這裡。」

奇克問他最近在做什麼，埃爾伍德覺得跟他說公司的實際情況，心裡總是有點過意不去，於是他將卡車和員工的數量都少說一半，也沒有提到在勒諾克斯大道（Lenox Avenue）的那間他引以為傲的辦公室。十年的租約，這是他人生做過最長的承諾，而且他感到很詭異，因為他對此絲毫不覺得煩心，而這也正是他覺得最煩心的地方。

「兄弟。」奇克說：「你過得挺不錯的嘛！有沒有女朋友？」

「還沒定下來，我想可以這麼說吧，只要工作不算太糟，我就會出去交交朋友。」

「我懂，我懂。」

隨著高樓大廈帶領夜晚提早入城，從屋外撒入的光線便暗了一階。這觸動了週日晚上的上班焦慮，而他不是唯一一個受此影響的人——酒吧內頓時忙碌起來。那名肌肉發達的調酒師先為兩個金髮女大生上了酒，她們估計尚未成年，打算以此試探哥倫比亞大學（Columbia University）地盤南邊的酒精管制。奇克又點了一杯啤酒，進度就此領先。

他們開始聊起昔日的往事，話題很快就滑向黑暗的事物，談到了最糟糕的宿舍管理員和監管人。可是誰也沒有說出斯賓瑟的名字，彷彿那會將他召喚到哥倫布大道，像啄木鳥幽靈乍然現身，童年的恐懼依然糾纏著他們。奇克提到了他這幾年遇到的鎳克爾男孩——薩米（Sammy）、尼爾森（Nelson）、朗尼。這人是個騙子，那人在越南丟了一隻胳膊，另外那個染上了毒癮。奇克還說了幾個已經很久沒在他腦中出現的名字，就像《最後的晚餐》（*The Last Supper*）那幅畫，奇克位於畫面中央，身邊圍繞著十二個失敗者。這就是那所學校對男孩們的影響，就算你離開了，它對你的影響也從未停止。它用各種方法扭曲你的人格，直到你無法適應正常的生活，你踏出校園時已經無藥可救、不成人形。

在他身上也能看見這樣的痕跡嗎？他又被扭曲成了什麼模樣？

「你是在六四年離開的嗎？」奇克問。

「你不記得了？」

「記得什麼？」

「沒什麼，刑期滿了之後——」這個謊他撒過很多次，每當他不小心說溜嘴提到矯正學校的時候，他都會這麼說——「他們就把我踢出來了。後來我去了亞特蘭大，然後就一直往北走。你知道，我在六八年來到這裡，算一算也待了二十年了。」這些年來，他一直理所當然地以為自己逃跑的事蹟會成為鎳克爾的傳奇，他的故事會在學生們之間不斷地流傳下去，他會被視為民間英雄，像是青少年版的史塔格·李（Stagger Lee）[05]之類的人物。然而，他的想像並沒有成真。奇克·皮特甚至不記得他是怎麼離開學校。如果他想被記得，他就應該像其他人那樣把名字刻在教堂的長椅上。想到這裡，他又點了一根菸。

05李·謝爾頓（Lee Shelton），一名美國罪犯，以「史塔格·李」為人所知，在一八九五年十二月二十五日殺害比利·里昂斯（Billy Lyons）後，成為美國黑人民間傳說的經典人物。

奇克・皮特瞇起眼睛。「嘿，嘿，話說以前一直和你黏在一起的那個孩子怎麼樣了？」

「你在說誰？」

「就是手裡老拿著那玩意兒的男孩，我正在想他叫什麼名字。」

「嗯。」

「我會想起來的。」說完，他就去洗手間吐了。他向一桌正在慶生的女孩們搭話，等他走進男廁時，她們都在嘲笑他。

奇克・皮特和他的小號。他本來可以成為專業的小號手，為什麼不呢？他可以在放克樂團或交響樂隊裡擔任伴奏，只要當時的情況能有所不同。如果男孩們沒有被那個地方毀掉，他們本來可以擁有各種各樣的成就：成為治療疾病或負責腦科手術的醫生，發明出某種能夠救人一命的東西，甚至是競選總統。所有那些被糟蹋的天才——當然不是所有人都是天才，比方說奇克・皮特就解決不了相對論的問題——但是他們就連作為普通人的平凡快樂都被剝奪了。在比賽開始之前就先缺了一條腿，患上殘疾，一輩子都在為成為普通人而死命掙扎。

自他上一次來這裡之後，桌布已經換新了——紅白格紋的塑膠桌布。以前德妮絲經常抱怨桌子黏黏的。德妮絲，就是他搞砸的其中一件事。現在他的身邊圍繞著吃漢堡、喝啤酒的普通老百姓，恣意享受外面世界的快樂。一輛救護車從店外呼嘯而過，他透過酒櫃後面的深色鏡子看見自己，亮紅色的光芒勾勒出他的輪廓，像一圈閃爍的光環，標記著他的格格不入。所有人都看到了，就像他只憑兩個音符就能看透奇克的故事。他們注定一生逃亡，無論他們是怎麼離開那所學校的。

沒有人能長時間地停留在他的生命當中。

奇克．皮特回來的時候拍了拍他的背，他頓時一陣惱火，為什麼像奇克這樣的傻瓜還好好地活著，而他的朋友卻不在了。他起身說道：「我得走了，兄弟。」

「是啊，沒錯，我明白，我也要走了。」奇克回應，帶著那種無所事事之人特有的篤定。「我原本不想問的。」奇克說。

但他終究還是問了。

「不過要是你在找幫手，我正好需要一份工作。我現在睡在沙發上。」

「了解。」

「你有名片嗎？」

他打開皮夾，剛想拿出他「佼佼者搬家公司」的名片——埃爾伍德．柯蒂斯，董事長——但他想一想又覺得這樣不妥。「我沒帶在身上。」

「我能勝任這份工作，這一點我能向你保證。」奇克在酒吧的一張紅色紙巾上寫下了他妹妹的電話號碼。「你再打電話給我——看在過去的情分上。」

「我會的。」

確定奇克·皮特真的離開了，他這才往百老匯大道的方向走去。他難得有股想搭公車的衝動，搭乘一〇四路公車一路坐到百老匯，沿著觀光路線感受城市生活。但他最終打消了念頭：馬拉松比賽結束了，他心中善良溫和的情感也隨之消散。在布魯克林（Brooklyn）、皇后區（Queens）、布朗克斯和曼哈頓，汽車和卡車又重新占據原先被封鎖的道路，馬拉松跑道一哩一哩地消失。每一年，柏油路上標記跑道的藍色油漆，都會在你尚未察覺以前悄悄剝落。白色塑膠袋在街區翻滾，溢滿的垃圾桶又回來了，麥當勞的包裝紙，以及有著紅色瓶蓋的快克（Crack）[06]小瓶子在腳下發出碎裂的聲音。他攔了一輛計程車，開始想晚餐吃什麼好。

這件事說來有趣，他多麼喜歡想像他「偉大的逃亡」在校內廣為流傳的景況，以及當職員聽見男孩們在討論這件事時該有多氣憤。他認為這座城市很適合他，因為這

06古柯鹼（cocaine）經與鹼加熱反應去除鹽酸後，便可製得俗稱「快克」之產物。

裡沒有人認識他——他很喜歡這之中的矛盾，一個對他知根知底的地方，卻非他想待之處。這一點讓他和其他來到紐約的人們有了連結，其中不乏有逃離家鄉的，或是情況更糟的人。然而，就連鎳克爾也遺忘了他的故事。

雖然他看不起奇克是個輸家，但他同樣也只能回到他那間空蕩蕩的公寓。

他將奇克．皮特給他的紅色紙巾撕成碎片，接著扔出窗外。〈沒人喜歡亂丟垃圾的混蛋〉（No One Likes a Litterbug）這首歌驀然在他的腦中響起，這是為了提倡嶄新的城市生活品質所使用的宣傳口號，鑒於他還真的將此牢記在心，這個宣傳可謂是相當成功。「那就給我開張罰單吧。」他說。

第十四章

為了應對州政府的視察，哈爾迪校長下令全校停課兩天，以便重新打理校園。這本來應該是場突擊檢查，但是有個在塔拉赫西經營兒童福利機構的兄弟會會友，給他打了一通電話。雖然學生們平時都有做打掃的工作，但還是有許多長年疏於維護的外觀問題需要處理：陽光晒裂的籃球場需要重新鋪設地面及配置籃框，農場上的拖拉機和耙子也都生了鏽。當男孩們擦去天窗上經年累月的髒汙時，一道陌生的光線灑進了印刷廠。大部分的建築，從醫院、校舍到車庫，都急需重新粉刷，其中情況最糟的就是宿舍——尤其是有色人種學生的宿舍。那可是一個頗為壯觀的景象：所有的男孩不分年紀，都在為了共同的目標而忙碌，下巴沾著油漆，寶貝們也搖搖晃晃地將迪克西運至校園的各個角落。

在克利夫蘭，管理員卡特憑藉他多年的建築經驗，向學生們展示如何用石灰填補那些品質優秀的鎳克爾磚塊之間的隙縫，以及用鐵撬撬起腐爛的地板，再將切割好的新木板鋪上去。哈爾迪還請了校外的工人來進行專業的工程，兩年前送來的全新鍋爐終於安裝好了。水電工更換了二樓兩個壞掉的小便斗，從此以後，二號寢室的男孩們再也不會在清晨時被漏水的聲音吵醒。

白宮也被重新粉刷過了，但沒有人看見是誰做的。前一天它還是那副又舊又髒的樣子，隔天太陽照在上面卻耀眼得讓人目眩。

從哈爾迪巡視工作進度的表情來判斷，男孩們個個表現優異。每隔幾十年，州政府就會因為報紙上關於貪汙或虐待的報導前來調查，調查的結果通常是禁止校方採用「打屁股」，以及將學生關進黑牢和禁閉室的懲戒手段。管理部門會對學校的物資進行更嚴格的盤查，因為這些物資經常無緣無故地消失，學生經營項目的收益也時常不翼而飛。學校終止了將假釋的學生送往當地住家和企業的做法，並增加了駐校醫療人員的人數。他們開除了原本長年在校內任職的牙醫，另外找了一個拔牙不會索賄的。

已經有好多年沒有出現針對鎳克爾的指控了。這一次，學校僅僅是諸多需要接受例行檢查的其中一個政府機構而已。

工作任務——農耕、印刷、製磚，和諸如此類的工作——仍一如既往地進行，因為這些工作有著培養責任感和塑造優良品格等多種好處，同時也是學校重要的收入來源。政府視察的前兩天，哈珀把埃爾伍德和特納送到愛德華．查爾茲（Edward Childs）先生的家裡。查爾茲先生曾是郡政府的督察員，也是鎳克爾男子學院長期以來的擁護者。學校和查爾茲家族之間有著深厚的交情。五年前，愛德華．查爾茲和國際同濟會（Kiwanis Club）[01] 平分了足球隊隊服的費用。他們希望在這樣的激勵之下，他能夠再次替他們慷慨解囊。

查爾茲先生的父親伯特倫（Bertram）曾在地方政府任職，也曾是學校董事會的一員。在過去勞役償債制尚未被禁止的時代，他曾是這項制度的狂熱支持者，經常租借假釋的學生。以前房子後面還有馬廄，學生們就被租來照看馬匹和雞群。那天下午埃爾伍德和特納清理的那間地下室，正是當年身為契約傭工的孩子們睡覺的地方。在某個滿月之夜，男孩們曾站在折疊床上，透過唯一一扇破裂的窗戶，凝望著它乳白色的眼眸。

埃爾伍德和特納並不知曉這間地下室的歷史。他們要負責清空這六十年間累積下來的垃圾，好讓這裡可以改建成娛樂室，鋪上棋盤格瓷磚地和木製牆板。查爾茲家的

01 創建於美國密西根州底特律的全球性公益團體，致力於兒童照護及社區改善。

青少年們一直在為這項計畫遊說，可是愛德華．查爾茲對這個空間，也不是沒有他自己的想法。每年八月，他的妻子都會帶著孩子們回娘家住兩個星期，這就讓他有了可以自由支配的時間。在這裡設計一個小吧台，再安裝一些現代的照明設備，像雜誌裡的那樣。在這些夢想成真以前，堆積在地下室裡的陳舊腳踏車、古老蒸汽船行李箱、解體的紡車，還有許多其他布滿灰塵的遺物，正等待著它們最後的歸宿。男孩們打開沉重的地窖門，準備上工；哈珀則坐在貨車裡，邊抽菸邊聽棒球比賽。

「收破爛的一定愛死我們。」特納說。

埃爾伍德抱著一疊滿是灰塵的《星期六晚郵報》（*Saturday Evening Posts*）上樓，把它放在路邊的那疊《帝國夜鷹報》（*Imperial Nighthawks*）上。《帝國》是三K黨的報刊，最上面那本的封面是一位身穿黑袍的夜間騎士，手裡拿著一個燃燒的十字架。要是埃爾伍德剪斷麻繩，他就會發現那是一個重複率極高的封面主題。為了蓋住封面的圖像，他把那疊報紙翻過去，露出報刊背面克萊門汀刮鬍膏（Clementine Shaving Cream）的廣告。

當特納低聲咕噥著笑話，用口哨吹起瑪莎與范德拉（Martha and the Vandellas）02

02六〇至七〇年代摩城唱片底下的著名女子演唱組合。

的歌曲時，埃爾伍德卻陷入了深思。不同的國家有著不同的報紙。他還記得自己當初在那本百科全書上查看「聖愛」（*agape*）這個詞的情景，那是在他讀完《捍衛者報》上金恩博士的演講之後——《捍衛者報》刊登了這位牧師在康奈爾大學（Cornell College）的完整演說。要是埃爾伍德那些年在翻閱這本書時有先看過這個詞，它就不會像現在這樣，在他腦中揮之不去。金恩博士將「聖愛」描述成一種在人類心中運作的神聖之愛，一種無私而熾熱的愛，一種至高無上的情感。他呼籲他的黑人聽眾培養這種對壓迫者的純潔之愛，因為它將會帶領他們跨越鬥爭，抵達彼岸。

埃爾伍德試圖深入理解這項概念，現在它不再像去年春天的時候，只是一個懸浮在腦海裡的抽象概念。此時此刻，它是真實的。

就算將我們關進大牢，我們也依然愛你們。就算炸毀我們的房屋，威脅我們的孩子，而且，無論有多麼艱難，我們都依然愛你們。就算你們派那群戴起斗篷帽的施暴者在深夜闖入我們的社區，將我們拖到路邊，毆打我們，把我們打得奄奄一息，我們也依然愛你們。可是你們放心，我們會用我們承受苦難的能力讓你們屈服，總有一天我們會贏得自由。

承受苦難的能力，埃爾伍德——以及所有鎳克爾男孩——都依靠這種能力存活。

他們靠這種能力呼吸、進食、做夢。這就是他們現在的生活，不然他們早就死了。毆打、強暴、無情的剝削，這些他們都忍了過來。可是要他們去愛那些摧殘他們的人？要他們主動跨出那一步？我們將以心靈的力量去回應你們肉體的力量。**無論你們對我們做什麼，我們都依然愛你們。**

埃爾伍德搖搖頭。這太強人所難了，這是不可能的。

「你有聽到我說話嗎？」特納對著神情恍惚的埃爾伍德揮了揮手，問道。

「你說什麼？」

特納在裡面需要幫忙。即便採取特納一向慣用的拖延手段，他們仍舊取得了不錯的進展。他們從樓梯底下挖出了一堆老舊的蒸汽船行李箱，當男孩們把行李箱拖到地下室中央時，蠹蟲和蜈蚣紛紛四處逃竄。裝飾在髒兮兮黑色帆布上的郵票，紀念著那一趟趟前往柏林、尼加拉大瀑布、舊金山，以及其他遙遠港口的旅程。一個關於昔日異國旅行的故事，去到男孩們一生都不可能親眼看見的地方。

特納怒氣沖沖地問：「這上面寫的是什麼？」

「我把一切都記錄了下來。」埃爾伍德說。

「什麼的一切？」

「關於送貨的一切，包括院子裡的工作和家務，每一個人的名字還有當天的日期。我將有關社區服務的一切細節全都寫了下來。」

「黑鬼，你為什麼要做這種事？」特納其實心裡清楚，但他還是想知道他的朋友會怎麼回答。

「是你告訴我的，你說沒有人能讓我離開這裡，只有我自己可以。」

「從來沒有人把我的話當真，你為什麼要起這個頭呢？」

「一開始我也不知道我為什麼會這麼做。跟哈珀一起出去的第一天，我就把我的所見所聞寫了下來，後來我就養成了習慣，全部都寫在一本作文本裡。這讓我的心情舒坦許多。我想這是為了在將來的某一天，把這一切告訴某個人，而我現在就打算這麼做。在視察員來的那一天，我就要把這份紀錄交給他們。」

「你以為他們會怎麼做？把你的照片放上《時代》雜誌的封面？」

「我這麼做是為了阻止這一切。」

「又一個傻瓜。」這時，他們的頭頂傳來了一陣腳步聲——那一整天他們都沒有看見查爾茲一家——嚇得特納趕緊繼續工作，好像他們有透視眼一樣。「你現在明明過得挺好的，自從上次之後就沒再惹上麻煩。這次要是被他們發現了，他們肯定會把你帶到後面去，把你的屍體埋在那裡，然後把我也帶到後面去。你他媽腦子有什麼問題？」

「你錯了，特納。」埃爾伍德拖著一個破爛棕色行李箱的把手，結果行李箱斷成了兩半。「這不是一場障礙賽。」他說：「你不能繞開障礙物——你要跨越它。無論他們朝你扔什麼東西，你都必須昂首挺胸地向前走。」

「我可是替你擔保了。」特納在褲子上擦了擦手，說道：「如果你是因為生氣，想發洩一下，那倒沒關係。」他們的對話就此結束。

當男孩們完成搬運工作後，他們就像動手術一樣，幫房子切除腐壞的部分，隨後堆在路邊的垃圾箱裡。特納敲了敲貨車門叫醒哈珀，收音機發出一陣嘶嘶的靜電噪音。

「他怎麼了？」哈珀問埃爾伍德。特納沉默不語，態度顯然和剛才不同。

埃爾伍德搖了搖頭，然後望向窗外。

午夜過後，他的思緒徘徊遊蕩。他的內心原本就充斥著疑慮，現在又再加上特納憤怒的質疑。問題不在於他認為白人會採取什麼行動，而是他能相信他們會有所行動嗎？

他在這場抗議中孤軍奮戰。他給《芝加哥捍衛者報》寫過兩次信，但是都沒有得到回覆，即便他提到他以前用另外一個名字寫的那篇社論。兩個星期過去了，比報社不在乎鎳克爾更令人難受的想法，是他們已經收到太多類似的信，太多的求救，以至於無法一一回覆。這個國家很大，而它對於偏見和掠奪的胃口是永無止境的，他們怎麼有辦法去應付那些難以計數、大大小小的不公。這裡只是其中一個地方，就像在紐奧良的一個午餐櫃台，或是在巴爾的摩的一座公共泳池——他們寧可在裡面灌滿水泥，也不願讓黑人小孩的一根腳趾伸進泳池裡。這裡只不過是一個地方，但要是有一個像這樣的地方，就會有上百個、上千個鎳克爾和白宮，像製造痛苦的工廠，散落在這片土地的各個角落。

要是他讓外婆幫忙寄這封信，為了避免這封信寄出之後可能會招來的麻煩，她肯定會立刻把信拆開，然後扔進垃圾桶。她害怕他會因此出什麼事——而她到現在都還不知道他們對他做了什麼。他必須相信一個陌生人會去做正確的事。這是不可能的，就像去愛一個摧殘你的人，但這正是這場運動要傳遞的信息：相信最終存在於每個人心中的良善。

這個還是這個。你要這個充滿不公、讓你變得順從卻擔驚受怕的世界，還是要這個等著你追趕上的更為正確的世界？

在政府視察的那天早餐，布萊克利和北校區的其他舍監清楚地傳達了當日的訊息：「要是你們這些小子搞砸了，這可會要了你們的命。」除了布萊克利之外，還有林肯宿舍的泰倫斯·克羅（Terrance Crowe），和負責羅斯福宿舍的弗雷迪·里奇。他每天都戴著同一條水牛圖案的皮帶扣，位在他大肚腩下面還不到胯部的地方，宛若一隻動物在山丘之間蜿蜒而行。

布萊克利向男孩們說明了視察的安排。那天的他清醒而機警，因為他發誓戒掉睡前喝酒的習慣。黑人男孩要到下午才會亮相，他說。視察會從白人校區開始，包括校舍、宿舍，還有像是醫院和體育館的大型設施。哈爾迪想炫耀操場和新的籃球場，因此從塔拉赫西來的那群視察員會先去那裡，然後再到山丘另一邊的農田、印刷廠，以及鎳克爾著名的製磚廠，最後才是黑人校區。「你們知道，要是被斯賓瑟先生看到你們的襯衫沒有塞好，或是有髒衣服從床腳箱裡露出來，你們就等著被他找去談話吧，」布萊克利說，「而且那一定不會是友善的談話。」

三位舍監站在餐盤前，那天餐盤上擺滿了學生們本該在每天早餐都吃到的食物：炒蛋、火腿、鮮榨果汁和梨子。

「先生，他們什麼時候會到？」其中一個寶貝問泰倫斯。泰倫斯是個身材魁梧的男人，有著一撮稀疏的白鬍子和一雙水汪汪的眼睛。他在鎳克爾已經工作超過二十年了，這意味著他曾目睹過各種各樣的殘忍。在埃爾伍德看來，這一點加深了他身為共犯的罪行。

「隨時都有可能。」泰倫斯回答。

待舍監們入座後，男孩們便獲得了用餐的許可。

德斯蒙德從盤子上抬起頭。「我已經好久沒有吃到這麼好的東西了，上一次還是……」他想不起來了。「他們應該天天來視察的。」

「現在不是你該說話的時候。」傑米說：「安靜地吃吧。」

學生們大快朵頤，餐具刮著盤子發出陣陣聲響。儘管舍監方才措辭嚴厲，但賄賂仍舊起了作用。男孩們沉浸在美食、新衣服和重新粉刷的食堂之中，心情愉悅。那些褲腳或膝蓋有磨損的男孩們都換上了新褲子，就連鞋子也被擦得閃閃發亮。理髮廳外面的隊伍圍著建築繞了兩圈。學生們看上去個個神采奕奕，就連患有皮癬的孩子也不例外。

埃爾伍德在找特納。只見他和幾個羅斯福宿舍的男孩坐在一起，他們是他第一次被送進鎳克爾時的室友。從他假笑的表情便能看出，他知道埃爾伍德在找他。自從清理地下室的那天起，特納就幾乎沒跟埃爾伍德說過話。他還是會去找傑米和德斯蒙德，但只要一看見埃爾伍德就會悄悄溜走。他變得很少去娛樂室，埃爾伍德猜想他大概都待在他的閣樓裡。在冷戰這方面，埃爾伍德幾乎和哈麗雅特一樣擅長，尤其是在接受外婆多年以來的訓練之後。這場冷戰蘊含著什麼樣的教訓？閉上你的嘴就是了。

一般來說，星期三是社區服務的日子，但是出於顯而易見的原因，埃爾伍德和特納被重新分配了任務。哈珀在早餐後抓住他們，讓他們加入看台整修組。足球場的看台一片狼藉，看上去搖搖欲墜，極不牢靠。哈爾迪特別把整修工作留到視察日當天，彷彿像這樣的大工程不過是學校的日常。十個男孩被派去打磨、更換和粉刷足球場其中一側看台的木板，另外十個男孩則負責對面的看台。等到視察員參觀完白人校區，各個小組的精采演出便會如火如荼地上演。埃爾伍德和特納被分配到了不同的組別。

埃爾伍德開始著手偵察那些廢棄或腐爛的木板。霎時，灰色的小蟲為了逃離陽光蜂擁而出。當信號發出時，他已漸漸掌握工作的節奏——視察員已經離開體育館，準備往足球場的方向走來。他試想著特納會給他們取什麼樣的綽號。那個胖乎乎的傢伙簡直是傑基．葛里森（Jackie Gleason）[03]的翻版，平頭的那個看起來像是從梅伯利來的難民，而高個子的那個則神似約翰．甘迺迪。他有著那位已故總統身上散發出來的白人盎格魯—撒克遜新教徒的氣質，和同樣潔白耀眼的一口牙齒，他甚至特意選了這個髮型來加強他們之間的相似性。陽光底下，三位視察員都脫掉了他們的西裝外套——那將會是個溼透的一天——他們裡面穿的是短袖襯衫，並打著別有領帶夾的黑領帶，讓埃爾伍德不禁聯想到卡納維拉角（Cape Canaveral）[04]，和腦袋裡塞滿了不可思議太空軌道的那群聰明人。

他拽著他鎳克爾制服口袋裡那張如鐵砧般沉重的字條，費力地前進。黑暗無法驅散黑暗，那位牧師曾這麼說道，只有光明能做到。仇恨無法驅散仇恨，只有愛能做到。他抄寫了一份清單，上面記錄著這四個月來的貨運與收件人，包括相關的人名地名、日期和交易的商品：大米的袋數、桃子罐頭的個數，以及牛肋和耶誕火腿的數量。他還另外寫了三行交代白宮和黑美人的情況，並提到其中一個名叫格力弗的學生，在拳

03 美國喜劇演員、編劇和音樂家。
04 位於佛羅里達州的一處狹長陸地，附近有甘迺迪太空中心（Kennedy Space Center）和卡納維拉角空軍基地（Cape Canaveral Space Force Station），阿波羅登月計畫和美國的太空梭發射皆在這兩地進行，是美國重要的航空海岸。

擊比賽結束後便下落不明。他用他最工整的字跡寫下了這一切。他沒有署名，騙自己說這樣他們就不會知道這是誰寫的了。他們當然會知道是他告的密，不過到了那個時候，他們都已經在監獄裡了。

這就是抗議的感覺嗎？手挽著手走在道路中央，成為人鏈的一部分，深知轉過下個街角就會有一群拿著球棒、消防水管，和滿口惡語的白人暴民在等著他們。不過就像特納那天在醫院裡告訴他的一樣，他是孤身隻影的一個人。

男孩們已經被訓練成除非白人和他們說話，否則不會隨便出聲。這是他們從小就學會的一件事，在學校裡，或是在他們荒涼的城鎮街道上。而這個概念又在鎳克爾得到了鞏固：你是一個生活在白人世界裡的有色人種男孩。他曾設想過在不同的場景下送信：校舍、食堂外面、行政大樓旁的停車場，可他就是無法不受干擾地完成這場解放日演出——哈爾迪和斯賓瑟，通常是斯賓瑟，總會不可避免地跳上舞台，破壞這一幕。他原本預期校長和主任會帶著視察員到處參觀，沒想到州政府的那些人竟然在無人陪同的狀態下在校園閒逛，他們緩步走在水泥步道上，指指點點，議論紛紛。有時他們會攔下行人聊上幾句，比方說叫住一個正要跑去圖書館的白人男孩，或是攔住貝克小姐和另外一名女教師說話。

也許這件事真有可能成功。

甘迺迪、傑基．葛里森和梅伯利在新的籃球場邊磨蹭了好一段時間——這是哈爾迪的一個妙計——接著才朝足球場走來。哈珀小聲咕噥了一句：「你們的手可別停下來。」說完，他向幾位視察員揮了揮手，隨後沿著五十碼線走向對面的看台，擺出不予干涉的態度。埃爾伍德從看台上走下來，繞過朗尼和黑麥可——他們正笨手笨腳地將一塊松木板安裝在鷹架上。他找到了一個適合攔截的位置。速度要快——要是被哈珀看見了，問起那封信裡寫的是什麼，他就回答那是一篇探討民權運動如何改變年輕一代有色人種的文章，他花了好幾個星期才寫好的。這聽上去像是特納會斥責他的那種陳腔濫調的屁話。

埃爾伍德距離那群白人只有兩碼的距離。他心頭一緊，說什麼都無法再帶著那塊鐵砧往前多走一步，於是他只好轉身走到木材堆，把手放在膝蓋上。

這時，視察員已經步上山坡。傑基．葛里森說了個笑話，惹得另外兩個哈哈大笑。他們從白宮前經過時，連看都沒看它一眼。

其他學生看到廚房準備的午餐便鬧騰不已——漢堡、馬鈴薯泥，以及永遠無法在費雪爾藥局看見的冰淇淋——吵得布萊克利不得不叫他們安靜下來。「你們想讓他們以為我們這裡是馬戲團嗎？」埃爾伍德根本吃不下東西。他搞砸了。他決定到克利夫蘭再試一次，在娛樂室或者走廊上，快速地說一句「不好意思，先生。」而不是在開闊的草地中央進行，他需要掩護。他會把它交給甘迺迪。可是，萬一那名視察員當場拆開那封信怎麼辦？或者萬一在他邊下山邊讀信的時候，哈爾迪和斯賓瑟正好趕去送他們離開呢？

他們已經鞭打過埃爾伍德了，可是他承受住了鞭刑，現在依然好端端地坐在這裡。他們也做不出什麼別的事情，是白人還沒對黑人做過的，而且此時此刻這些事仍在蒙哥馬利和巴頓魯治發生，在光天化日之下沃爾沃斯超市外的城市街道上，或是在某條無人知曉的鄉村小徑。他們會鞭打他，狠狠地鞭打他，但要是政府知悉這裡的情況，他們就不能打死他。他任憑思緒游離——他看見國民警衛隊駕駛深綠色廂型車開進鎳克爾的大門，士兵們跳下車排成列隊。也許士兵們內心並不贊同他們被派來執行的任務，他們的同理心傾向於舊有的秩序，而非正義，但是他們必須遵守國家的法律。就像他們曾在小岩城（Little Rock）排成一道人牆，讓九名黑人孩童進入中央中學（Central High School），他們擋在氣惱的白人和孩童之間，擋在過去與未來之間。當時福布斯州長對此無計可施，因為這已經遠遠超越阿肯色州和它落後的惡行，此事事關美國。一套正義的機制會因為一名在公車上坐了她不該坐的位子的女人，或是違反規定在午餐櫃台點了一份火腿黑麥三明治的男人開始運轉。同樣的，一封附上證據的告發信也能做到。

我們必須打從心底相信，我們是出類拔萃的，我們是舉足輕重的，我們是有價值的存在，每一天我們都必須帶著這種尊嚴感，帶著這種堅信自身價值的信念，走在人生的大道上。倘若他連這點信念都沒有，那他還剩下什麼呢？下一次，他不會再猶豫了。

午餐過後，看台組便準備回去工作。哈珀拉住他的胳膊，說：「等一下，埃爾伍德。」

其他男孩則在山坡上修剪草坪。「什麼事，哈珀先生？」

「我需要你去農地找葛拉威爾（Gladwell）先生。」他說。葛拉威爾先生和他的兩名助手負責鎳克爾的所有種植和採收工作。埃爾伍德從未和他說過話，但大家都認得他頭上的草帽，和那身只有農民才有的黝黑皮膚——那讓他看上去像是橫渡格蘭德河（Rio Grande）游來這裡的。「州政府的那些人今天不會過去。」哈珀說，「他們之後會派專家特別去檢查農地。你現在去找他，告訴他可以休息了。」

埃爾伍德轉向哈珀手指的方向，只見那三名視察員沿著大道前進，隨後步上克利夫蘭宿舍的台階。他們走進了宿舍。天曉得葛拉威爾先生會在北邊的什麼地方，那裡可是一畝畝無邊無際的萊姆園和地瓜田。等他回來時，說不定視察員都已經離開了。

「我比較喜歡粉刷的工作，哈珀，可以派年紀比較小的孩子去嗎？」

「我是說，哈珀先生。」在校園裡，他們還是得照規矩來。

「先生，我比較想留在看台這兒工作。」

哈珀眉頭一皺。「你們今天都發瘋了。我叫你做什麼，你就做什麼，等到星期五一切就會恢復正常。」說完，哈珀便留下埃爾伍德獨自站在食堂的台階上。去年的耶誕節他就是站在這裡，聽見德斯蒙德告訴他和特納厄爾肚子痛的消息。

「我去做吧。」

說話的人是特納。

「你指的是什麼？」

「你放在口袋裡的那封信啊。」特納說，「我去把它拿給他們，媽的，看看你——看起來像病了一樣。」

埃爾伍德努力地在對方身上搜尋蛛絲馬跡，可是特納的神態就跟世界上所有的騙子一樣，他們絕不會暴露自己的把戲。

「我說了我去做，我就一定會做到。不然，你還有別的人選嗎？」

埃爾伍德把信交給他後，便不發一語地朝北邊奔去。

最終埃爾伍德花了一個小時才找到葛拉威爾先生，當時他正坐在地瓜田邊的大藤椅上。他站起身來，瞇著眼睛打量埃爾伍德。

「他們怎麼說？我猜我終於可以抽根菸了。」說著，他便將手中的雪茄重新點燃。他對著那些看到男孩捎來消息就停手的夥計們喊道：「這不代表你們現在就可以休息了，給我接著幹！」

埃爾伍德在回程時繞了遠路，走的是那條環繞布特山且途徑馬廄與洗衣房的小徑。他的步伐緩慢。他不敢去想特納的行動有沒有被人攔截，或是男孩背叛了他，又或者他直接把信帶到他的藏身處燒掉了。不管在山坡另一邊等著他的是什麼樣的結果，它都會一直在那裡等著他，無論他何時抵達。於是他用口哨吹起兒時記憶中的一段旋律，一首藍調歌曲。他記不清歌詞，也不記得這首歌是從父親還是母親那兒聽來的，但每當它在腦中悄然浮現，他的心情都會頓時好起來，就像一朵不知從哪兒冒出來的雲，投下了一道陰涼的影子。那是從更大的東西分離出來的某種東西，短暫地屬於你，隨後飄然遠去。

晚餐前，特納把他帶到他倉房的閣樓裡。特納有隨意進出的權利，可是埃爾伍德沒有，而且他才剛從一陣恐懼中恢復過來。不過要是他敢寫那封信，他就應該有未經允許踏進倉房的勇氣。特納的藏身處比他想像的要小得多，那是特納在鎳克爾洞穴中鑿出的一個狹小凹槽——用板條箱搭成的牆面，一條髒兮兮的軍用毯，還有從娛樂室沙發上拿來的一顆抱枕。這裡與其說是一位精明策劃者的藏身處，反而更像是用衣領緊緊捂著口鼻的逃亡者，為了躲避風雨而在別人家門口臨時搭建的簡陋避難所。

特納靠在一箱機油上，抱著膝蓋坐著。「我做到了。」他說，「我把它夾在《鱷報》裡，就像從前在保齡球館，加菲爾德先生賄賂那些該死的警察時所做的那樣。我跑到那個男人的車邊，然後說：『我猜您會想要一份。』」

「你把它交給了他們當中的哪一個？」

「當然是甘迺迪啊，除了他還能是誰？」特納不屑地回答：「你難不成以為我會把它交給演《蜜月旅行者》（*The Honeymooners*）05 的那個傢伙吧？」

「謝了。」埃爾伍德說。

05美國一九五五年至一九五六年的一部電視情境喜劇，由傑基·格里森主演。

「我沒做什麼了不起的事，埃爾。我不過是送了一封信，僅此而已。」說著，他便伸出手，兩人握手言和。

那天晚上，廚房再次端出冰淇淋。舍監們——哈爾迪校長大概也是——對視察的結果十分滿意。隔天在學校，還有星期五做社區服務的時候，埃爾伍德都在等待反應，就像以前在林肯高中的科學課上等待火山開始冒泡冒煙的時候。然而國民警衛隊並沒有大喊著衝進學校的停車場，斯賓瑟也沒有用他冰冷的手掐住他的脖子，說：「孩子，我們有麻煩了。」並沒有發生這樣的事。

事情的發展就像之前那樣。晚上，在宿舍裡，手電筒的燈光爬上他的臉，接著，他們便將他帶去了白宮。

第十五章

她在《每日新聞》（*Daily News*）上讀到了關於那家餐廳的報導，便將剪報放在他的床頭，以免他放她鴿子。他們已經很久沒有在晚上出去約會了。三個月過去了，他的祕書伊薇特（Yvette）依舊早早離開辦公室，回去照顧母親，導致他每天傍晚都被進度追著跑。她的母親患有老年痴呆，不過現在普遍稱之為失智症。三月快到了，對米莉（Millie）來說一年最繁忙的季節即將來臨，每年隨著四月十五日[01]漸漸逼近，所有人都忙得雞飛狗跳。「他們偏偏要拖到最後一刻，簡直是想逼死人。」他的妻子說。她通常能趕在十一點新聞開始以前到家。他已經取消過兩次的「約會之夜」（Date Night）[02]了——這是某份女性雜誌想出來的玩意兒，現在這個詞就像一根刺，深深

01 美國每年提交個人所得稅納稅申請表的截止日期。
02 此指已婚夫妻或長時間交往的情侶在晚上出去約會，享受二人世界。

地扎在他的詞彙中——這一次米莉絕不打算讓他再放她鴿子。「桃樂絲（Dorothy）已經去過兩次了，她說那裡很棒。」米莉說。

桃樂絲覺得很多東西都很棒，比如福音早午餐、《美國偶像》（*American Idol*）[03]，以及組織請願反對那座新建的清真寺對外開放。不過他最後還是忍住了沒有回話。

為了試圖理解伊薇特為佼佼者找到的新醫療保險，他最後於七點鐘離開公司。雖然比原本的便宜，但他會不會被共同分攤費用這種狗屁話術所欺騙，長期下來反而付得更多？這一類的文書工作總是教他感到困惑而惱火。他決定等隔天伊薇特來了，再讓她解釋一遍。

他在百老匯的市立學院站（City College）下車，隨後改道爬上山坡。今年三月的天氣比往年來得暖和，但他記得曼哈頓不止一次在四月下過暴風雪，因此還不敢輕易稱之為春天。「只要你一把外套收起來，它就來了。」他說。米莉告訴他，他聽起來像是某個住在山洞裡的古怪隱士。

卡米爾餐廳（Camille's）位於一百四十一街與阿姆斯特丹大道相交的轉角處，是

03 美國大眾歌手選秀節目。

一棟七層樓公寓中的主力店。《每日新聞》的評論將這間餐廳形容成新式的南方滋味，「富有創意的南方料理」。創意的點在哪兒？因為是白人烹煮的靈魂食物嗎？還是因為在豬腸上撒了一點白色的醃菜？櫥窗裡閃爍著孤星啤酒（Lone Star）的霓虹標誌，入口處的菜單周圍環繞著一圈陳舊的阿拉巴馬車牌。他瞇起眼睛——如今他的視力已大不如前。儘管那些低俗膚淺的裝飾讓他心生警惕，但是食物聽上去還不錯，也沒有太過花俏的擺盤。他來到帶位台前，發現餐廳裡大部分的客人都是住在附近的居民，其中有黑人也有拉丁裔，他們大概是在這個地區的大學工作，雖然都是些穿著體面的普通人，但是他們的存在依然教他覺得安心。

帶位的服務生是個白人女孩，身穿一件屬於他們那個派系的淺藍色嬉皮連身裙。在她瘦長結實的手臂上有著中文刺青，沒人知道那些字是什麼意思。她假裝沒看見他，這讓他在心裡展開了一輪「是種族歧視還是服務態度不佳？」的猜測。可他還沒得出結論，女孩就為讓他等候而道歉——她盯著帶位台發出的灰色微光，說是新的系統出了問題。「你想要先入座，還是等人到齊？」

出於多年來的習慣，他說他會在門口等，接著在人行道上，那股過於熟悉的失落感湧上心頭——米莉逼他戒了菸。他從鋁箔紙裡推出一片尼古丁口香糖。

那是個溫暖的晚冬傍晚。他本來以為他從未來過這個街區，殊不知往一百四十二街的方向望去，他認出了自己在做上一份工作時到過的一棟大樓，那時他還在開卡車。有時候他仍能透過背部的疼痛感受到昔日時光的痕跡——一陣劇痛與寒顫。現在這裡叫做漢密爾頓高地（Hamilton Heights）。他第一次聽到他的一個簽派員問他漢密爾頓高地在哪裡時，他回答：「告訴他們搬到哈林區就對了。」然而這個名字卻一直沿用至今，沒有更動。房地產仲介總是喜歡為老地方取新名字，或是讓老地方重新使用老名字，代表著這個街區正在轉型，以及年輕人和白人正在回流。他能夠負擔辦公室的租金和員工的工資。無論你是付錢請他幫你把家搬到漢密爾頓高地還是霍維爾「低地」，又或是其他他們編造出來的古怪地名，他都很樂意幫忙，費用以三小時起算。

逆向版的白人群飛。那些人在多年前因暴亂騷動、市政府破產，和不管實際上是哪些字看起來都像「去你媽的」的塗鴉而離開這座島嶼，現在他們的子孫又回來了。他起初抵達這座城市時，這裡簡直是一座垃圾場，但他不怪他們。他們的種族歧視、恐懼和失望為他的新生活提供了資金。你若是想搬去羅斯林（Roslyn）、長島，霍瑞森搬家公司都很樂意幫忙，當時他還是個拿時薪的，而不是付時薪的，他很高興貝特茲（Betts）先生總是按時付現，以帳外的方式付他薪水。他不在乎他的名字是什麼，也不在乎他是從哪裡來的。

一份《西區精神報》（*West Side Spirit*）從街角的垃圾桶裡露了出來，他在心裡提醒自己要記得告訴米莉他不打算接受採訪。等到準備上床睡覺的時候再說，或是明天，以免毀了今晚的晚餐。她讀書會裡的一位女性友人，專門在銷售報紙上的廣告空間，告訴米莉她可以讓他的名字登上報紙，他們現在正在做一個聚焦本地事業的專題報導「創新企業家」。他是不二人選——一個擁有自己的搬家公司的黑人，聘雇當地人，為他們提供工作方面的指導。

「我沒有指導過任何人。」他告訴米莉。當時他正在廚房，幫垃圾袋打結。

「這是一份很大的榮耀。」

「我不是那種需要別人關注的人。」他回答。

這事其實很簡單——一場快速的訪談，稍後他們會派一名攝影師到一百二十五街去拍幾張他新辦公室的照片。也許其中一張會是他站在卡車前面的樣子，以此展現出他身為大老闆的氣勢。這絕不可能。他會禮貌地婉拒，然後花錢登一兩則廣告，就此了結這件事。

米莉遲到了五分鐘，這對她來說並不尋常。

他因而感到有些煩躁。他往後退，接著又退了幾步，直到能看清整棟建築，他這才意識到他以前曾經來過這裡。是在七〇年代，當時這家餐廳還是一個類似社區中心的地方，提供法律援助，從窗外可以看見裡面的桌子，好讓你明白所有人看上去都跟你一樣。他們會協助你填表申請糧食券和政府的其他項目，替你解析那些讓人望而卻步的官方術語，那個地方大概是前黑豹黨（Black Panther Party）[04]成員在經營的。當時他還在霍瑞森工作，所以肯定是七〇年代。頂樓，盛夏，和壞掉的電梯。他踩著黑白的六角瓷磚，把所有東西全部扛上樓。階梯被無數雙腳磨損得好似在微笑，每層樓大約有十二個微笑。

沒錯，那位老婦人過世了。她的兒子雇他們來打包所有的東西，然後運到他位於長島的房子，他們會把東西全都搬進地下室，塞在鍋爐和從未用過的釣竿之間，那個大小剛好的空隙。這些東西會一直待在這裡，直到她的兒子去世之後，他的孩子們也不曉得該如何處理它們，於是這一切又會重頭來過。那家人打包老婦人的遺物打包到一半就放棄了——你要知道，當人們被繁重的任務壓得喘不過氣時會出現什麼跡象。

04　一個由非裔美國人組成的黑人民族主義和共產主義政黨。

在他的記憶中，那天下午的場景仍歷歷在目：在公寓樓裡上上下下，汗水浸溼了他們的霍瑞森 T 恤，封閉的窗戶將孤獨與死亡的黴味困在屋中，還有空無一物的櫥櫃。她去世時躺著的那張床已被清空，只剩一張藍白條紋相間的床墊和她留下的汗漬。

「床墊要搬走嗎？」

「床墊不用搬。」

只有上帝知道，在那段日子，他曾害怕自己會那樣死去——無人知曉，直到臭味引起鄰居的警覺，氣憤的大樓管理員開門讓警察進去。他的怒火直到看見屍體才消停，接著他拼湊出了他的生平：他的信件總是堆積如山，有一次他對隔壁的好心女士惡言相向，還發誓要毒死她家的貓。在他從前的某個住處孤獨地死去，他在斷氣前的最後一刻會想到什麼呢——鎳克爾。鎳克爾追捕著他，直到他生命的最後一刻——可能是他腦中的一根血管爆裂，或是他胸腔中的心臟停止了跳動——也有可能到他死後都還不肯放過他。也許鎳克爾就是等著他的來世：山坡下的白宮、吃不完的燕麥粥，還有男孩們永恆的兄弟情誼。他有很多年沒有想過這樣的死法了，他已將這些想法裝進箱子，放在他的地下室裡，挨著鍋爐和被冷落的釣魚用具，跟過去那段日子的其他東西擺在一起。從很久以前開始，他就不再織繪那種幻想。不是因為他的生命中有了什麼人，而是因為那個人是米莉，她切掉了他身上那些糟糕的部分，他希望自己也能為她做到同樣的事。

他驀然有一種感覺——他想為她買一束花，就像剛開始約她出去時那樣。八年前，他在黑爾之家（Hale House）[05]的募款活動看見她認真填寫抽獎券的模樣。這是正常的丈夫會做的事嗎——毫無理由地給妻子買花？離開那所學校這麼多年了，他每天還是得花一段時間試圖釐清正常人的習慣。那些在幸福中長大的人，擁有一日三餐和睡前的吻，那些對白宮、情人巷和判你下地獄的白人郡法官毫無概念的人。

她遲到了。要是他動作快一點，還能在她抵達之前，趕到百老匯大道的韓國熟食店買一束便宜的花。

「為什麼買花？」她會問。

為了完全融入外面的生活。

他應該早點想到要買花的，在辦公室外的熟食店，或是他走出地鐵站的時候，因為就在這時，她說：「我帥氣的丈夫來啦。」然後約會之夜就開始了。

05 於美國加利福尼亞州的維多利亞式豪宅，於一九六六年被列為歷史文化古蹟，並於一九七二年列入國家史蹟名錄，現已遷至蒙特西托高地（Montecito Heights）的文化遺產廣場博物館（Heritage Square Museum），向大眾開放。

第十六章

他們的爸爸教會他們如何管理奴隸，將這份殘暴的傳家寶傳給下一代。把他從他的家人身邊帶走，用鞭子抽打他，直到他只記得鞭子為止，用鐵鏈拴住他，直到他只認得鐵鏈為止。把他關在鐵製的禁閉室裡，讓太陽烤熟他的大腦，這是一種制服奴隸的方式；把他關進昏暗的牢房，一間無從知曉時間的不見天日的暗室，亦能達到同樣的效果。

南北戰爭結束後，因一項違反《吉姆．克勞法》的指控——流浪罪、未經許可更換雇主、「狂妄的接觸」——而收到的一張五美元的罰單，即可讓黑皮膚的男人和女人捲進債務勞動的深淵，白人的子孫始終將先祖的智慧謹記在心，他們挖坑，鑄造鐵條，將太陽滋潤的臉龐隔絕在外。佛羅里達男子工業學院開辦還不到六個月，他們就將三樓的儲藏間改建成單人的禁閉室，最後再請一名雜工為每一間禁閉室安裝門栓：

這樣就大功告成了。縱使在一九二一年的那場火災，有兩個被監禁的男孩不幸喪命，這些黑牢仍被繼續使用。子孫們嚴格遵循著老一代的做法。

二戰後，州政府嚴令禁止少年司法機構使用黑牢和獨居監禁的懲戒手段。當時高尚的矯正教育蔚為風潮，在鎳克爾也不例外。可是那些空無一人、寂然無聲且密不通風的房間，依舊在等待，等待著那些需要矯正態度的迷途少年。只要他們的孩子——以及他們孩子的孩子——依舊記得，它們就會靜靜地等下去。

埃爾伍德第二次在白宮遭受的鞭刑，不如第一次那般猛烈。斯賓瑟不確定男孩的信會造成何種後果——還有誰讀過信，誰會放在心上，在州議會可能掀起了什麼樣的波瀾。「聰明的黑鬼。」他說：「真不知道這些聰明的黑鬼是從哪兒冒出來的。」那天主任的心情顯然不像平時那樣愉悅，他心不在焉地抽了男孩二十下，接著第一次將黑美人交給了亨內平。斯賓瑟雇用亨內平來接替厄爾的位置，卻渾然不知自己的選擇有多麼完美。不過物以類聚，人以群分。亨內平大多數時候都保持著一副呆頭呆腦的惡毒表情，以笨拙的步伐在校園裡走來走去，但是只要一逮到施暴的機會，他就會一臉奸笑地露出有著大牙縫的笑容。亨內平才沒抽男孩幾下，斯賓瑟就讓他停手了，畢竟沒人說得準塔拉赫西那邊到底發生了什麼事。最後，他們把男孩關進了黑牢。

布萊克利的房間就在頂樓階梯的右側，另一扇門後面，則是一條狹小的門廊和三個房間。為了應對視察，他們將這些房間重新粉刷了一遍，並將成堆的床單被褥和多餘的床墊搬了進去。油漆蓋掉了從前住在這些牢房裡那些男孩的姓名縮寫，以及他們多年來在黑暗中留下的印記——姓名縮寫、名字，還有一連串的詛咒與懇求。當房門再次打開時，男孩們會看見自己寫下的字跡，然而這些象形文字卻與他們記憶中在牆上寫下的文字大相徑庭。那根本就是惡魔學的符號。

斯賓瑟和亨內平事先將床單和床墊拖到了另一邊的房間，因此當他們把埃爾伍德推進去時，房間裡空空如也。第二天下午，一名值早班的管理員給了他一個水桶供他便溺，但除此之外就沒再給過他任何東西。光線從門板上方的格柵透進來，那是一種灰暗的微光，他的眼睛也漸漸地習慣了。他們會在其他男孩離開去吃早餐時給他送食物，一天只有一餐。

住在那個房間的最後三個男孩，最終全都落得了悲慘的結局。這個地方聚集了厄運中最極致的厄運，簡直像被詛咒了似的。里奇．巴克斯特（Rich Baxter）因為還手而被關進黑牢——一名白人監管人揍了他的耳朵一拳，里奇則打掉了對方三顆牙齒。他有強壯的右手。里奇在牢房裡待了一個月，鎮日盤算出去以後要對白人世界展開的光榮復仇——暴動、殺戮與襲擊。他邊這樣想，邊在工作服上擦拭他血淋淋的關節。結果他後來選擇參軍，並在韓戰結束前兩天戰死沙場——他的棺材在喪禮上始終緊緊關著。五年後，克勞德・謝潑德（Claude Sheppard）因為偷竊桃子而被送上樓。在黑暗中度過的那幾個星期徹底改變了他——進去時明明是個男孩，出來時卻成了一個跛腳的男人。他摒棄了原本不良的品行，開始尋找治癒他無時無刻覺得自己一無是處的方法。一名命途坎坷的追尋者。三年後，克勞德在芝加哥的廉價旅館吸食了過量的海洛因，現在是一座義塚收留了他。

傑克・科克爾（Jack Coker）——埃爾伍德之前的上一位房客——被發現和另一個學生泰瑞・邦尼（Terry Bonnie）有同性性行為。傑克在克利夫蘭度過了那段黑暗的時光，而泰瑞則被關在羅斯福宿舍的三樓。兩人彷彿寒冷太空中的一對雙星。傑克出來後做的第一件事，就是用椅子砸泰瑞的臉。好吧，準確來說那不是第一件事，他必須等到晚餐時間才有機會動手。另一個男孩就像一面鏡子，讓他瞥見了自己的齷齪。在埃爾伍德進入鎳克爾的前一個月，傑克死在了一家酒吧的地上。他聽錯了一個陌生人說的話，衝動地發起攻擊，沒想到那個陌生人身上帶著一把刀。

十天後，斯賓瑟厭倦了恐懼——事實上他大部分時間都活在恐懼之中，只是他還不習慣因為一個黑人男孩而感到害怕——於是便去拜訪埃爾伍德。州議會那邊的情勢已逐漸平息，哈爾迪也不如前一陣子那般憂慮。最難熬的時刻已經過去了。在斯賓瑟看來，最大的問題在於州政府擁有太多干預的權力，而且情況一年比一年糟。斯賓瑟的父親曾在南校區擔任監管人，後來因為一個學生被掐死而受到降職處分。為了某個失了分寸的暴行，他成了事件的代罪羔羊。從前他的家裡經濟拮据，此後情況更是雪上加霜。斯賓瑟至今還記得那段艱苦歲月，那鍋粗鹽醃牛肉和肉湯將小小廚房籠罩在難聞的氣味中，他和兄弟姐妹拿著缺角的碗排隊等著。他的祖父曾在阿肯色州斯帕德拉（Spadra）的T．M．麥迪遜煤礦公司（T. M. Madison Coal Company）工作，負責看管那裡的黑人囚犯。當時無論是郡政府的人，還是公司總部的人，都不敢插手干涉他的職務——他的祖父是一位專家，因其功業成就而備受敬重。然而，現在斯賓瑟看管的男孩竟敢寫信檢舉他，這對他來說簡直是奇恥大辱。

斯賓瑟帶著亨內平一同前往三樓，那時宿舍的其他師生都在吃早餐。「你大概正在想，我們打算把你關在這裡關多久吧。」他說。接著他們對埃爾伍德一陣拳打腳踢，斯賓瑟覺得心裡舒服多了，彷彿壓在胸口的擔憂氣泡終於破了。

埃爾伍德每天都在經歷這一生最可怕的事：在那個房間裡醒來。他或許永遠不會向任何人說起這段黑暗的日子。誰會來看他呢？他從未想過自己是孤兒。他必須留在這裡，這樣他的父母才能去加州尋找他們需要的東西，沒有必要為此而感到難過——每一件事的發生，都是成就另一件事的重要條件。他一直想著，總有一天他要把自己寫信的事告訴他的父親，這封信就像當年他父親呈給指揮官，關於有色人種士兵所受到的待遇，從而讓他的父親在戰爭中得到嘉獎的那封信。可是，他其實跟鎳克爾的許多男孩一樣是個孤兒，沒有人會來看他。

他一直在腦中思索馬丁·路德·金恩博士從伯明罕監獄寄出的那封信，以及那個男人在牢房裡發出的強而有力的呼喚。一件事會催生另一件事的發生——要是沒有牢房，就無法產生那種呼籲眾人採取行動的強大號召力。埃爾伍德沒有紙，也沒有筆，只有四面牆壁，他腦中那些精妙的想法早已消耗殆盡，更別說是智慧和承載智慧的文字了。他這一生，世界都在不斷對他低聲叨念它的規則，可他卻拒絕聆聽，反而選擇聽從更高尚的指令。世界從未停止教導：不要去愛，因為他們會離你而去；不要相信任何人，因為你會遭到背叛；不要挺身反抗，因為你會受到打壓。可是他依然聽見了那一聲聲更高尚的命令：勇敢去愛，你的愛就會得到回報；相信正道，它就會指引你獲得解脫；挺身而戰，事情就會發生改變。他從未聽清，也從未看清眼前的一切，此刻他卻徹底脫離了這個世界。當下他唯一能聽見的，是樓下男孩們的叫喊、笑聲和恐懼的驚叫，彷彿他正漂浮在一個苦澀的天堂中。

一座監獄裡的監獄。在那段漫長的時光裡，他一直在金恩牧師提出的等式中掙扎。**就算將我們關進大牢，我們也依然愛你們……可是你們放心，我們會用我們承受苦難的能力讓你們屈服，總有一天我們會贏得自由。屆時我們不僅會贏得我們的自由，我們也會深深觸動你們的內心和良知，使我們得以在這過程中戰勝你們，因此我們的勝利將會是一場雙重勝利。**不，他無法踏出那一步去愛他們。他既不理解這種觀點所帶來的動力，也不明白將這種觀點付諸實踐的意志。

在他小的時候，他曾堅持不懈地守望著里奇蒙飯店的餐廳。那個地方禁止他的種族進入，但它總有一天一定會開放。他一直等，一直等。在黑牢中，他重新審視起自己當時的守望。事實上，他在尋找的不僅僅是跟自己相同膚色的同類——他在尋找的是和他相像的人，他可以認作親人的人。而那些人也會將他視為親人，因為他們共同眺望著那個逐漸靠近的未來，縱然它步調緩慢，縱然它過於偏愛岔路和崎嶇的隱祕小徑，但它卻能與演講和手繪抗議標語牌中的低沉樂聲產生共鳴。然而，那些準備好將自己的重量投入偉大槓桿並撬動世界的人卻從未出現，無論是在餐廳，還是在其他地方。

這時通往樓梯間的門刮擦著地板，悄然開啟。一陣腳步聲從黑牢外傳來，埃爾伍德做好了心理準備，準備迎接下一頓毒打——過了三個星期，他們終於決定好要怎麼處置他了。他確信，這就是為什麼他沒有被帶去後面的鐵環處，從此銷聲匿跡的唯一原因——因為不確定性。現在風波已經平息下來，於是鎳克爾也要回歸世代流傳下來的紀律與傳統。

門栓滑開了，一道瘦削的人影出現在門口。特納示意他別出聲，隨後他扶埃爾伍德起身。

「他們明天就會把你帶到後面去。」特納低聲說道。

「是嗎。」埃爾伍德回應，彷彿特納說的是別人的事。他感到頭暈目眩。

「我們得行動了，兄弟。」

埃爾伍德對「我們」這兩個字感到困惑。「布萊克利。」

「那個黑鬼已經暈過去了，兄弟。噓！」他把埃爾伍德的眼鏡、衣服和鞋子遞給他。這些都是他從埃爾伍德的置物櫃裡拿來的，是他到校第一天身上穿戴的衣物。特納也穿著一般的衣服——黑色的褲子和深藍色的工裝襯衫。**我們。**

克利夫蘭的男孩們為了視察換掉了吱呀作響的地板，可是他們漏掉了其中幾片。埃爾伍德側著腦袋，仔細聆聽舍監房間裡的動靜。沙發擺在門邊的位置，當布萊克利在起床號響過以後卻仍未起床時，就會有好幾個男孩專程上樓把他從那張沙發上叫醒。此刻，布萊克利動也不動地躺在那裡。經過長時間的監禁和兩次毆打，埃爾伍德感覺全身僵硬。特納讓他靠著他，他的背上揹著一個鼓鼓的背包。

他們有可能會碰上從一號寢室或二號寢室出來尿尿的男孩，於是他們匆匆走下並繞過下一段階梯。「我們要直接穿過去。」特納說，埃爾伍德知道他指的是從娛樂室直接穿到克利夫蘭的後門。一樓的燈總是整晚開著。埃爾伍德不知道現在的時間——凌晨一點？還是兩點？——但時間肯定很晚了，足以讓值夜班的監管人違反規定，閉目養神。

「今晚他們都在停車場打撲克牌。」特納說：「我們見機行事。」

他們一走出窗外透進來的光，便步履蹣跚地朝大馬路奔去。他們出來了。

埃爾伍德沒有問他們要去哪裡，而是問特納：「為什麼？」

「該死的——這兩天，斯賓瑟和哈爾迪就像蟲子一樣慌了手腳，那群沒用的混帳東西。後來弗雷迪告訴我，他說山姆（Sam）從雷斯特（Lester）那兒聽說，他們打算把你帶到後面去。」雷斯特是克利夫蘭宿舍的孩子，負責打掃監管人的辦公室，因此能夠掌握所有重大事件的第一手消息，就像華特・克朗凱（Walter Cronkite）[01]那樣。

「事情就是這樣。」特納說：「今晚是你唯一的機會。」

「但你為什麼要和我一起逃？」他本來只需要為埃爾伍德指出正確的方向，然後祝他好運。

「因為像你這樣的蠢蛋，肯定馬上就會被他們抓住。」

「可是你明明說過逃跑的時候，你絕對不帶任何人。」埃爾伍德說。

「雖然你是個蠢蛋，但我也是個傻瓜。」特納回答。

特納帶他沿著馬路，往城鎮的方向一路奔跑，而且一有車子經過就立刻趴下。隨著房屋越來越密集，他們決定彎下身子緩緩前進。這個姿勢對埃爾伍德來說正好合適，因為他的背痛得很厲害，腿上還有斯賓瑟和亨內平用黑美人劃出的傷口，不過逃亡的緊迫感暫時減輕了他的疼痛。他們經過別人家的房子時，曾三度遇到某戶人家的狗大聲吠叫，嚇得他們拔腿狂奔。儘管他們從頭到尾都沒有看見那些該死的狗，但是

01冷戰時期著名的美國記者和新聞主播，報導過甘迺迪總統慘遭暗殺、阿波羅十一號號登月，以及促使尼克森總統辭職的水門事件醜聞。

牠們的吠聲讓他們血流加速。

「他這整個月都在亞特蘭大。」特納說。他打算逃去查爾斯．格雷森先生的家，就是他們在冠軍賽當晚為他唱生日快樂歌的那位銀行家。他們曾在社區服務的時候替他打掃過房子，並重新粉刷他家的車庫。那是一棟寬敞而寂寞的大房子，他的兩個雙胞胎兒子離家上大學去了，埃爾伍德和特納丟了很多格雷森兄弟小時候的玩具。埃爾伍德記得，他們有兩輛成對的腳踏車，腳踏車還擺在原來的地方，就在園藝工具的旁邊。當時的月光足以讓他們看清腳踏車的位置。

特納為輪胎打了氣，他甚至都不必費心去找打氣筒。他策劃這件事策劃多久了？特納的腦袋裡有一份屬於他自己的紀錄——這棟房子能提供這種幫助，那棟房子則能提供另外一種——埃爾伍德也以相同的方式記錄著他的那份。

特納告訴他，一旦那群狗開始追蹤，他們就別想甩掉牠們了。「現在你能做的，就是跑得越遠越好，盡可能地跟牠們拉開距離。」他用大拇指和食指捏了捏輪胎做測試。「我覺得塔拉赫西挺好的。」他說，「那裡很大。我原本打算去北方，但我對那邊不熟。我們可以在塔拉赫西搭便車去其他地方，這樣一來除非那群狗長出翅膀，否則牠們根本抓不到我們。」

「他們肯定會殺了我，然後把我埋在那裡。」埃爾伍德說。

「那是肯定的。」

「現在你把我弄出來了。」埃爾伍德說。

「是啊。」特納回答，他原本還想說些什麼別的，但是他沒有說出口。「你現在能騎腳踏車嗎？」

「可以。」

坐車去塔拉赫西需要一個半小時，騎腳踏車又得花多長時間呢？況且在繞遠路的情況下，誰知道他們能在日出前騎多遠。第一次有車從他們後方靠近時，他們根本來不及轉彎，只好故作鎮定地繼續往前騎。所幸那輛紅色的皮卡車就這樣從他們身邊駛過，什麼事都沒有發生。自那之後，他們便一直沿著馬路騎行，以埃爾伍德能夠負荷的速度儘量趕路。

太陽升起了。埃爾伍德正朝著家的方向前進，他知道自己不能留在那裡，但是一想到經過這些白人的街道後，他便能再次回到自己的城市，他就冷靜了下來。他願意跟隨特納到任何地方去，等到風頭過了之後，他會再度將這一切寫下來，再試一次《捍衛者報》，還有《紐約時報》（*The New York Times*）。這兩份報紙都是檔案紀錄報[02]，這意味著它們正在保護這個機制，不過近年來它們在報導民權鬥爭方面取得了很大的進步。他可以再次嘗試與希爾先生取得聯繫。埃爾伍德自從進入鎳克爾之後就沒有再聯繫過他以前的老師——他的律師曾答應過會幫忙找到他——但是希爾先生的人脈很廣，例如學生非暴力協調委員會（Student Nonviolent Coordinating Committee）[03]和金恩博士朋友圈裡的重要人士。埃爾伍德這次失敗了，可是他別無選擇，只能接受挑戰。如果他想要改變現狀，除了挺身而戰，他還能怎麼辦呢？

至於特納，他則想著他們要跳上的那列火車，想著北方。那裡的情況不像這裡那麼糟——一個黑人也能有所成就，他可以自己做決定，做自己的主人。倘若屆時發現沒有火車，他就手腳並用地爬過去。

到了早晨，交通逐漸繁忙起來。特納仔細研究過這條路和其他鄉間小道，最終選擇了這一條。從地圖上來看，這條路人煙稀少，距離也差不多。他確信經過的司機都在打量他們，但直視前方是最好的應對方式。令他驚訝的是，埃爾伍德跟上了他的速度。過了彎道之後，接著就是上坡路。要是他也被關起來，遭受幾次毆打，他肯定爬

02意指發行量大且被視為權威的的主流報紙。
03美國學生在六〇年代成立的投入非裔美國人民權運動的組織，簡稱ＳＮＣＣ。

不上去，儘管那只是一座小小的山丘。堅韌不拔——這就是埃爾伍德。

特納用手按住膝蓋，使勁往上騎。他原本已經下定決心，就算聽見後方有車也絕不回頭，可是這次他忽然感覺到一陣寒意，他轉過頭，看見了一輛鎳克爾的貨車。他隨即認出了車頭擋泥板上的那塊鏽跡——那是社區服務的專用貨車。

道路的一側是農田——犁溝間積著土堆——另一側則是開闊的牧場，就他目光所及的範圍內，完全看不見樹林。牧場離他們比較近，四周圍繞著一圈白色的木製柵欄。特納對他的夥伴大喊，他們接下來得跳車用跑的了。

他們騎到顛簸的路邊，然後跳下腳踏車。埃爾伍德比特納更快翻過圍欄，他背部一處傷口的血水已經浸透了襯衫，如今已成一片乾掉的血跡。特納很快就趕了上來，男孩們並肩奔跑，穿梭在高高搖曳的野草與雜草之間。這時貨車的車門打開了，哈珀和亨內平迅速地越過柵欄，兩人手上各持一把獵槍。

特納回頭瞥了一眼。「跑快點！」

山坡下還有另一道圍欄，接著就是樹林了。

「就快到了！」特納喊道。

埃爾伍德喘著粗氣，張大了嘴巴。

第一槍沒打中。特納又回過頭去：開槍的人是亨內平。隨後換哈珀停下腳步，像小時候他爸爸教他的那樣舉起獵槍。雖然他爸爸經常不在他身邊，但他倒是教會了他這項技能。

特納低著頭，邊跑邊不時改變方向，彷彿這樣就能躲過子彈似的。**我是薑餅人，你抓不到我！**在哈珀扣下扳機的瞬間，他再次往回看，只見埃爾伍德張開了雙臂，手伸得筆直，好像在測試一條長廊的牆壁是否堅實——這條長廊他已經走了很久了，卻依然看不到盡頭。他往前踉蹌了兩步，接著倒在草地上。特納繼續往前跑。他後來問自己是否有聽見埃爾伍德喊叫或發出其他聲音，但他始終沒能想明白。他只記得自己在跑，腦袋裡迴盪著血液翻湧奔流的聲音。

尾聲

無論他怎麼狂戳面前的螢幕，嘴裡不停地嘟囔埋怨，那些自助報到機似乎就是不喜歡他，迫使他只好到櫃台辦理手續。櫃台的地勤人員是個二十來歲的黑人女孩，工作態度非常專業。她們是新一代的女性，就像米莉的姪女們那樣，她們絕不容忍他人的無禮，而且也不怕直接表現出來。

「我要去塔拉赫西。」特納說，「我姓柯蒂斯。」

「有帶證件嗎？」

他是該換一張新駕照了，現在他每兩天就會剃一次頭，看起來跟照片完全不像。那是以前的他。等到他抵達塔拉赫西之後，他就不再需要這張駕照了。它將成為過去。

在他從鎳克爾逃出來的兩個星期後，餐館老闆問起了他的名字，他當下脫口而出：「埃爾伍德．柯蒂斯。」那是他腦中冒出的第一個名字，而且他覺得聽上去還不賴。從那以後，每當有人問起他的名字，他都會這麼回答，為了向他的朋友致敬。

為了替他活下去。

埃爾伍德的死上了報紙。他是本地男孩，因此絕對無法躲過法律的制裁——聽他們在鬼扯。當特納的姓名被印在黑白報紙上時，他的名字成了「另一名逃犯」、「一個黑人青年」，除此之外沒有更多的描述。他就是另外一個製造麻煩的黑人小子，這就是人們需要知道的全部真相。特納那時躲在傑米從前經常去的地方——全聖區（All Saints）的鐵路機廠。他冒險在機廠待了一晚，隨後跳上一列駛向北方的貨運列車。他沿著海岸線一路向北，同時四處打零工——餐館、臨時工、工地——最終抵達紐約，並在那裡定居下來。

一九七〇年，他第一次回到佛羅里達，申請了一份埃爾伍德的出生證明。在建築工地和廉價餐館跟那些粗鄙的傢伙共事，壞處在於你必須忍受他們的粗鄙，但他們也知道一些見不得人的事，例如如何替死人——一個死掉的男孩——弄到他的出生證明，上面寫著他的生日、他父母的姓名，和他出生的城市。在佛羅里達政府對此產生警覺，進而制定那些保護措施之前，這在當時還是件容易的事。他在兩年後申請了健保卡，卡片後來出現在信箱裡，就在 A＆P 超市的傳單上。報到櫃台後方的打印機開始咔嗒作響，嗡嗡運轉。「先生，祝您旅途愉快。」地勤人員說。她微笑地問：「請問還有需要什麼服務嗎？」

他這才回過神來，說了聲「謝謝。」剛才他的思緒一下子迷失在過去，這是他睽違四十三年第一次回到佛羅里達。那個地方從電視螢幕伸出手來，把他猛地拉了回去。

昨晚米莉下班回家後，他將他印出來關於鎳克爾和墓地的兩篇報導拿給她看。「太可惡了。」她說，「那些人竟然沒有受到制裁。」根據其中一篇報導，斯賓瑟在幾年前去世了，但厄爾依然在世，今年九十五歲，整整九十五個罪惡的年頭。他如今退休了，並作為「艾莉諾社區受人敬重的一分子」，在二〇〇九年榮獲鎮上頒發的「年度好公民獎」。報紙上的照片，這位年邁的監管人已是風燭殘年，拄著拐杖站在自家門廊，可是他那雙如鋼鐵般冰冷的眼睛，卻教特納不禁打了個寒顫。

「你是不是曾經用皮帶抽了學生們三、四十下？」記者問道。

「先生，這絕對不是事實，我用我孩子的性命發誓。只是小小的管教而已。」厄爾回答。

米莉將報導還給他。「一看就知道那個老傢伙肯定打過學生，竟然說什麼『小小的管教』。」

她不明白。她在外面的世界生活了一輩子，她又怎麼會明白。「我以前在那個地方待過。」特納說。

他的語氣不太對勁。「埃爾伍德？」她像是在測試冰面是否能承受她的重量。

「我以前待過鎳克爾。就是這個地方。我跟妳說過，我曾經進過少年輔育院，但我從來沒有告訴過妳它的名字。」

「埃爾伍德，過來這裡。」她說。他在沙發上坐下。其實他沒有像他在幾年前告訴過她的那樣服滿刑期，而是中途逃走了。接著他將剩下的事全都告訴了她，其中也包括他朋友的故事。「他的名字叫埃爾伍德。」特納說。

他們就這樣在沙發上坐了兩個小時，還不包含中間有十五分鐘，她待在房門緊閉的臥室裡，「對不起，我得離開一下。」後來她紅著眼睛回來，他們才繼續聊了下去。

從某種程度上來說，自埃爾伍德死後，特納就一直在述說他朋友的故事，經過年復一年的反覆修正，努力接近最正確的版本，他從年輕時候那隻絕望的野貓，變成了他認為埃爾伍德會引以為傲的男人。光是存活下來還不夠，他必須好好地過生活——

當他沐浴著陽光走在百老匯大道上，或是在漫長的夜裡伏案看書時，他都能聽見埃爾伍德的聲音。特納帶著各種策略、得來不易的迴避技巧，和保護自己不受傷害的訣竅，走進了鎳克爾。他跳過牧場另一邊的圍欄，躲進樹林裡，從此兩個男孩都消失不見了。他試圖在埃爾伍德的名字中找出另外一條路。這就是現在的他，它把他帶到了哪裡呢？

米莉說：「你和湯姆（Tom）鬧翻的事。」這十九年來的點點滴滴轉化成了微小的顆粒。關注細節總是比較容易的，那些小事始終在她的腦海中縈繞不去，讓她無法看清全局。他和湯姆起了爭執，湯姆是他第一份搬運工作的同事，也是他多年的朋友。事情發生在傑斐遜港（Port Jefferson），那天他們為了慶祝國慶，在湯姆家裡烤肉。當時他們正在討論某個逃稅的說唱歌手剛出獄的事，湯姆開口道：「如果不想受罪，就不要犯罪。」還學著那部老警匪片開頭唱了起來。

「那就是他們能躲過制裁的原因。」他對湯姆說：「就是因為有你這樣的人認為他們活該。」為什麼他——誰？埃爾伍德？特納？她嫁的那個人——要為那個沒繳稅的無賴辯護？還這樣大發雷霆？他在湯姆穿著那身可笑的圍裙翻漢堡肉時，當著所有朋友的面對他大吼大叫。後來他們開車回曼哈頓，一路上都沉默不語。還有生活中的其他小事：有時他會只丟下一句「真無聊」就突然走出電影院，因為某個暴力的、無助的場景綁架了他，帶他回到了鎳克爾。他總是如此冷靜，即使如此，黑暗還是會悄悄襲上他的心頭。他會痛斥警察、司法體系和掠奪者——大家都討厭警察，可是他不一樣，他在情緒爆發時會變得言辭激烈，臉上還會露出一種野蠻的表情，因此她學會在這種時候任由他發洩。噩夢折磨著他，那些他聲稱已經遺忘的噩夢——她知道他進的那所矯正學校名聲不好，但她不知道竟然就是這個地方。在他失聲痛哭時，她讓他躺在她的大腿上，用拇指輕輕撫摸他耳朵上那個像流浪貓一樣的缺口。她從未注意過那道傷疤，雖然它一直都在她眼前。

他是誰？他就是他，他自始至終都是他。她告訴他她能理解，至少她盡可能地理解了她能夠在第一天晚上理解的事。他就是他。他們同齡，她和他擁有相同的膚色，在同一個國家長大。二〇一四年，當時她住在紐約。有時候她幾乎忘了過去的情況有多糟——她去維吉尼亞州探望家人時，曾彎著腰使用有色人種專用的飲水台，這是白人不留餘力地在消磨他們——全部的記憶驀然湧現，被一些細枝末節的小事所觸發，比如站在街角想要攔計程車時所遭受的日常羞辱，她必須在五分鐘後忘掉這件事，否則她一定會發瘋。這些記憶也會被一些重大的事件所觸發，比如開車經過一個被同一股力量消磨殆盡的破敗街區，或是得知又有男孩慘遭警察射殺：在自己的國家被他們當作下等人看待。一直以來都是這樣，或許未來也將永遠如此。他的名字並不重要，雖然他對她說了很大的謊，但她越是深入他的故事，看見這個世界是如何蹂躪他，她就越能夠理解。從那個地方出來，闖蕩出一番事業，成為能用他這樣的方式愛她的男人，同時成為她所愛的男人——與他這一生所做的努力相比，他的欺騙根本不算什麼。

「我不想用姓氏來稱呼我的丈夫。」

「我叫傑克（Jack）。傑克．特納。」這輩子除了他的母親和阿姨以外，再也沒有人用傑克這個名字叫過他。

「那我試試看。」她說：「傑克，傑克，傑克。」

他覺得聽起來不錯。她每喊一次這個名字，這個名字就會變得更真實一些。

他們兩人都已精疲力盡。她躺在他們的床上，說：「你得把一切全都告訴我，不是只有今天晚上。」

「我知道。我會的。」

「如果他們把你關進監獄怎麼辦？」

「我不知道他們會做什麼。」

她應該和他一起去，她想和他一起去，可是他一定不同意。等他完成這件事之後，他們必須繼續討論這個話題，無論這件事會以何種方式在哪裡收場。

之後，他們兩人都沒再開口，也沒能入睡。她蜷縮著依偎在他背後，他伸手摸向她的臀部，以確保她依然真實存在。

登機口的空服員宣布前往塔拉赫西的航班開始登機。他坐的那一排只有他一個人，於是他伸展開身體，睡了過去——昨晚他徹夜未眠。在飛機上醒來後，他針對背叛的問題與自己爭執起來。米莉改變了他的一切，把他從過去那種扭曲的心理解放出來，而他卻背叛了她。他同樣也背叛了埃爾伍德，因為是他把那封信交出去的，他應該燒了那封信，然後勸他放棄那個愚蠢的計畫，而不是對他保持沉默。沉默是那個男孩得到的唯一回饋。縱使他說：「我要捍衛我的立場。」這個世界卻始終保持沉默。埃爾伍德和他高尚的道德命令，以及他對於人類能夠改善自身的美好想法，對於世界能夠自我修正的美好信念。他把埃爾伍德從後面那兩個鐵環和那座祕密墓地救了出來，可他們最終還是將他葬在了布特山。

他應該燒掉那封信。

根據過去幾年有關鎳克爾的報導，他得知他們為了避免受到調查，總會盡快埋葬死掉的男孩，甚至不給他們的家人一句交代——不過又有誰家裡足夠有錢，能把他們帶回家重新安葬呢？哈麗雅特就辦不到。特納在塔拉赫西一家報社的線上資料庫裡，找到了她的訃告。她在埃爾伍德死後一年去世，當時家中只剩下她的女兒伊芙琳。訃告中並沒有提到伊芙琳是否有出席葬禮。現在特納有錢好好安葬他的朋友了，可是他卻一直遲遲沒有採取行動，就像他早該對米莉坦承他的真實身分一樣——此刻的他根本無法思考除了回去鎳克爾之外的事。

在塔拉赫西機場外的計程車等候區，有個老菸槍一下飛機，便迫不及待地點了菸。特納原想和他討根菸來抽，這時米莉嚴厲的面孔在他腦中乍然浮現，讓他打消了這個念頭。為了轉移自己的注意力，他用口哨吹起了〈無處可去〉（No Particular Place To Go）的曲調。等他一坐上開往麗笙大飯店（Radisson Hotel）的車，他又立刻重讀了一遍《坦帕灣時報》（*Tampa Bay Times*）的那篇報導。這篇報導他看了很多次，以至於影本上的字跡都被他的手指弄糊了——雖然還不知道他什麼時候才能回去，但他已經決定要在回去之後跟伊薇特好好抱怨一番，管他這是墨水匣還是什麼其他東西造成的問題。佼佼者搬家公司有可能前途無量，也可能前途渺茫。

記者會將在上午十一點舉行。據報紙報導，艾莉諾的警長將匯報墓地調查的最新進展，南佛羅里達大學的考古學教授，將針對男孩們屍體的檢驗報告進行說明，此外還有幾位「白宮男孩」也會出席作證。在過去幾年間，他一直透過他們的網站密切關注著他們——聚會的情形，他們在校時和離校後的經歷，以及他們爭取獲得認可的努力。他們想要一座紀念碑，和政府的道歉。他們希望自己的聲音能被聽見。他曾認為他們很可悲，時至今日還在哀聲抱怨四、五十年前發生的往事，可是直到這一刻他才驟然驚覺，真正讓他感到厭惡的是他自身的窘迫，是他看見那個地方的名字和照片時所感到的恐懼。不管是過去還是現在，他在埃爾伍德和其他男孩面前表現出的勇敢，不過是一種假象。他其實一直很害怕，直到今天。佛羅里達政府在三年前關閉了這所學校，一切真相才逐漸浮上水面，彷彿所有人、所有的男孩都必須等到它徹底滅亡，才敢道出它的故事。它現在傷害不了他們了，它不能在深夜把他們抓去痛打一頓，它只能用他們再熟悉不過的老方法，繼續折磨他們。

網站上的所有人都是白人。誰來為黑人男孩發聲呢？是時候該有人站出來了。

看到晚間新聞中的那片土地和那些陰森的建築，他知道他必須回去，他得去說出埃爾伍德的故事，無論自己接下來會發生什麼事。他是通緝犯嗎？特納不懂法律，但他從未低估司法體系的腐敗——往昔如此，今日亦然。該發生的事情總是會發生。他要找到埃爾伍德的墳墓，把自己在牧場上失去他之後的人生說給他的朋友聽。他要告訴他，那一刻是如何在他的心中扎根，並從此改變了他的人生軌跡。他要告訴警長他是誰，他要跟他分享埃爾伍德的故事，以及當他試圖阻止他們的罪行時，他們對他做了什麼。

他要告訴那些白宮男孩，他是他們之中的一分子，可是他活下來了，就像他們一樣。他要告訴關心這件事的所有人，他曾在這裡生活過。

麗笙大飯店坐落於市中心的門羅街一角，它原本是老飯店，後來他們又往上多蓋了好幾層。新建的現代風深色窗戶和棕色金屬外牆，跟底部三層的紅磚建築搭配起來雖然突兀，但總比拆掉重建一棟新的要好。近年來這種事情太多了，尤其是在哈林區，那些見證了無數歷史的老房子，就這樣被人們夷為平地。這家老飯店倒是為此打下了良好的基礎。他已經很久沒有看見他年少時期的南方建築了，開放式的門廊和白色的陽台像彩帶般在樓層間旋繞。

特納辦理好了入住手續。他將行李箱打開後，肚子就咕嚕叫了起來，於是他下樓來到飯店的餐廳。當時並非用餐時間，餐廳裡空蕩。服務生懶洋洋地靠在帶位台上，面色蒼白且染了黑髮的年輕女孩。她穿著他從沒聽過的樂團T恤，黑色布料上印著一個正在大笑的綠色骷髏——大概是個金屬樂團。她放下手裡的雜誌，說：「空位都可以坐。」

這家連鎖飯店將餐廳重新裝潢成現代風格，使用了大量易於清潔的綠色塑膠。三台傾斜的電視從不同的角度，絮絮叨叨播著同一台新聞，新聞的內容一如既往的糟糕，同時，一首八〇年代的流行歌曲從隱藏式音響傳來，是以合成器為主的純音樂版本。他看了看菜單，最後決定吃漢堡。餐廳的名字——金髮女郎！（Blondie's!）——以渾圓金色字體印在菜單頂端，底下是關於這個地方的發展簡史。寫著這裡以前叫做里奇蒙飯店，曾是塔拉赫西的地標建築，為了將這幢宏偉的老式建築的精神保留下來，他們付出了極大的努力。飯店櫃台旁的商店還有販售明信片。

如果那天特納不是那麼累，他也許會從年輕時聽過的故事中認出這個名字——故事講述的，是一位喜歡在廚房裡讀冒險故事的男孩，可是他並沒有想起來。他的肚子很餓，而這家餐廳全天供餐，這就足夠了。

致謝詞

本書是一部虛構作品，所有人物都由我創造出來，但是受到佛羅里達州瑪麗安娜市（Marianna）的多齊爾男子學校（Dozier School For Boys）事件所啟發。我第一次聽說那個地方是二〇一四年的夏天，當時我在《坦帕灣時報》發現了班·蒙哥馬利（Ben Montgomery）寫的詳盡報導，接著我透過調閱舊報紙，從而掌握了第一手的資訊。蒙哥馬利先生的文章讓我找到了艾琳·基默爾博士（Dr. Erin Kimmerle）和她在南佛羅里達大學考古系的學生們。他們對墓地進行的法醫鑑定非常珍貴，所有資訊都記錄在他們撰寫的《對佛羅里達州瑪麗安娜市前亞瑟·G·多齊爾男子學校的死亡與埋葬報告》（*Report On The Investigation Into The Deaths And Burials At The Former Arthur G. Dozier School For Boys In Marianna, Florida*）中。這份報告能在南佛羅里達大學的網站上找到。當埃爾伍德在保健室閱讀學校的小冊子時，我就引用了其中有關學校日常運作的部分內容。

Officialwhitehouseboys.Org是多齊爾學校的倖存者所建立的網站，你可以在上面讀到曾是那所學校學生們的口述經歷。當斯賓瑟在第四章談到他對自律的態度時，我就引述了「白宮男孩」雅克・湯斯利（Jack Townsley）的文字。羅傑・迪恩・吉瑟（Roger Dean Kiser）的回憶錄《白宮男孩：一齣美國悲劇》（*The White House Boys: An American Tragedy*），以及羅賓・蓋比・費雪（Robin Gaby Fisher）與麥可・歐邁卡錫（Michael O'Mccarthy）、羅伯特・W・斯特雷利（Robert W. Straley）合著的《黑暗中的男孩：一則關於背叛與救贖的南方故事》（*The Boys Of The Dark: A Story Of Betrayal And Redemption In The Deep South*），都是很棒的記述。

納撒尼爾・佩恩（Nathaniel Penn）在《GQ》雜誌上發表的文章〈活埋：來自單獨監禁犯的故事〉（Buried Alive: Stories From Inside Solitary Confinement）中收錄了他和一名囚犯的訪談，這名囚犯在訪談中說道：「在被單獨監禁的那段日子裡，我每天都必須經歷最糟糕的那件事，也就是我醒來的那一刻。」強森先生被單獨監禁了二十七年，我在第十六章援引了他說的這句話。在前典獄長湯姆・默頓（Tom Murton）與喬・海姆斯（Joe Hyams）合著的《犯罪同謀：阿肯色州監獄的醜聞》（*Accomplices To The*

Crime: The Arkansas Prison Scandal）中，湯姆．默頓描寫了阿肯色州監獄的運作系統。該書為我們提供了監獄腐敗的第一線視角，並構成了電影《黑獄風雲》（*Brubaker*）的故事基礎，如果你還沒看過這部電影，建議你可以去找來看看。朱莉安．海爾（Julianne Hare）的《歷史意義深遠的弗蘭奇頓：塔拉赫西的心臟與遺產》（*Historic Frenchtown: Heart And Heritage In Tallahassee*）是一部非常精采的歷史書籍，它敘述了弗蘭奇頓這個非裔美國社區多年來的歷史。

我也引用了很多小馬丁．路德．金恩（Martin Luther King Jr.）的話；每每聽見他的聲音在腦海中響起，我都會頓時覺得充滿力量。埃爾伍德引述了他於一九五九年發表的〈青年抗議種族隔離學校的遊行前演說〉（Speech Before The Youth March For Integrated Schools）、一九六二年的黑膠唱片《馬丁．路德．金恩在錫安山》（尤其是關於「歡樂城」的部分）、他寫的〈從伯明罕市監獄寄出的信〉（Letter From Birmingham Jail），以及他於一九六二年在康奈爾學院的演講。詹姆斯．鮑德溫所說的「黑人也是美國人」則出自《土生子札記》中的〈千千萬萬人離去〉（Many Thousands Gone）一文。

我曾試圖找出一九七五年七月三日那天，電視上播了些什麼節目。後來我在《紐約時報》的資料庫中找到了那一晚的節目表，因而有了一些有趣的發現。

這是我在雙日（Doubleday）出版的第九本書。我要非常、非常感謝我那位優秀而又令人尊敬的編輯兼出版人比爾・湯瑪士（Bill Thomas）。感謝麥可・戈德史密斯（Michael Goldsmith）、托德・道蒂（Todd Doughty）、蘇珊娜・赫茲（Suzanne Herz）、奧利弗・蒙蒂（Oliver Munday）和瑪格・西克曼特（Margo Shickmanter）一直以來的支持、努力和信任。感謝我無與倫比的經紀人妮可・阿拉吉（Nicole Aragi），要是沒有她，我肯定到現在都還是默默無聞的作家。感謝格蕾絲・戴琪（Grace Dietsche）以及阿拉吉（Aragi）的所有工作人員。感謝 Book Group 團隊的鼓勵。最後我要由衷地感謝我的家人——朱莉（Julie）、瑪蒂（Maddie）和貝克特（Beckett）。我何其有幸，能在此生遇見你們這群人。

〔blink〕003

鎳克爾男孩

THE NICKEL BOYS

作者　科爾森・懷特黑德 COLSON WHITEHEAD
譯者　黃心彤
副總編輯　洪源鴻
企劃選書　董秉哲
責任編輯　董秉哲
行銷企劃　二十張出版
封面設計　萬亞雰
版面構成　adj. 形容詞
文字校訂　郭正偉

出版　二十張出版──遠足文化事業股份有限公司
發行　遠足文化事業股份有限公司（讀書共和國出版集團）
地址　新北市新店區民權路108之3號3樓
電話　02・2218・1417
傳真　02・2218・0727
客服專線　0800・221・029
信箱　akker2022@gmail.com
Facebook　facebook.com/akker.fans
法律顧問　華洋法律事務所版──蘇文生律師

製版　中原造像股份有限公司
印刷　中原造像股份有限公司
裝訂　中原造像股份有限公司

出版　二〇二五年三月──初版一刷
定價　四二〇元

ISBN ── 978・626・7662・00・7（平裝）　978・626・7445・97・6（EPUB）　978・626・7445・96・9（PDF）

國家圖書館出版品預行編目（CIP）資料：科爾森・懷特黑德 著／黃心彤 譯 ── 初版 ── 新北市：二十張出版 ── 遠足文化事業股份有限公司發行　2025.3　276面　14.8 × 21 公分　（blink；3）
譯自：THE NICKEL BOYS　ISBN：978・626・7662・00・7（平裝）　874.57　1113020302

AKKER
二十張出版

鎳克爾男孩

The Nickel Boys